Paternoster

AU DIABLE VAUVERT

Adrien Girard

Paternoster

Roman

ISBN : 979-10-307-0468-6

Au diable vauvert
La Laune 30600 Vauvert

www.audiable.com
contact@audiable.com

À mon immense ami M. Petit.

Comme un lampadaire

La vie, ça va, ça vient. C'est bien connu, tout le monde le sait, tout le monde le dit, tout le monde le sent. Il y a les types du bistrot et ceux qui passent leurs dimanches au zoo, les gens qui sont absents et ceux qui lisent à longueur de temps, les pousseurs de landaus et les allumeurs de mégots, les croyants et les mécréants, les morts et les vivants. Ils le savent tous : ça va, ça vient. D'ailleurs, ils le répètent souvent, toujours, tout le temps. Même ceux qui ne disent plus rien. Ils l'ont tellement dit qu'ils se taisent maintenant, mais ils le savent parfaitement. Mon père est mort, c'est pour cela que j'y pense, à ce va-et-vient, à cette phrase, « ça va, ça vient », à ce « ça », lui.

Un jour, je ne me souviens plus de la date, ils m'attendaient tous de l'autre côté de la porte. Les médecins, les infirmiers, les aides-soignants, la psychologue, peut-être même d'autres personnes. L'aide-soignante de l'accueil me fit entrer dans le sas intermédiaire, vérifia la manière dont je me lavai les mains, répéta une millième fois « entre les doigts et sous les ongles », me tendit une serviette jetable qui n'absorbait rien et un masque en papier bleu qui sentait le plastique. Tout se passait exactement comme les autres jours, c'était le même masque, la même serviette, la même personne, le même endroit. Une fois mon masque noué, elle se désinfecta les mains, passa son badge sur le boîtier de la porte coulissante, s'écarta pour me laisser entrer et, chose qu'elle n'avait jusqu'ici jamais faite, baissa les yeux quand je passai devant elle. Elle devait avoir ses raisons, allez savoir lesquelles.

Le couloir principal de l'unité de réanimation polyvalente s'ouvrait devant moi et, de part et d'autre des parois pâles et mauves, un chapelet de blouses blanches attendait en silence. Ils m'attendaient. Je fis quelques pas droit devant et aussi loin que possible, mais très vite, trop vite, presque immédiatement, les blouses se rapprochèrent, m'encadrèrent, me saisirent par les bras et me guidèrent jusqu'à la *Salle Famille N°2* sans qu'il ne soit plus possible de s'échapper. On aurait dit un criminel sous haute protection, un prisonnier à qui on interdisait l'idée même de s'évader. Je ne résistai pas, ils étaient trop nombreux, et c'est ainsi que nous entrâmes dans la chaleureuse et bien nommée *Salle Famille N°2,* située juste après la *Salle Famille N°1,* déjà occupée. Décorum simple et de circonstance. Aucune fenêtre, une odeur mortelle de W.-C. désinfectés, des chaises d'écolier disposées en arc de cercle, trois néons encastrés dans le plafonnier et, sur le mur du fond, dos aux chaises, un gigantesque poster de voilier. La grand-voile blanche se gonflait généreusement sur un horizon d'eau turquoise, une image magnifique qui tentait de faire ce qu'elle pouvait, comme une tape amicale dans le dos, un petit mot pour se remonter, « elle est pas belle la vie ? » Un infirmier plaça une chaise face aux autres et m'invita à m'y asseoir de sorte que je puisse contempler toute l'équipe installée devant moi et, derrière eux, le voilier qui prenait le large.

Nous nous assîmes donc tous sur le pont et débuta crescendo un bourdonnement de termes médicaux, comme un vacarme répétitif et lointain, un vent venu du large avec ses bourrasques chargées d'éclairs et de noyades lentes. Visiblement, le navire essuyait un gros grain et les mots tombaient par paquets entiers. Cela dura un bon quart d'heure, vint ensuite un long silence, puis une voix expliqua tout ce qui venait d'être expliqué : « Nous ne pouvons plus rien pour votre père, nous sommes désolés. »

Ils restèrent tous là en demi-cercle, à me regarder au centre de la pièce, sans qu'aucune idée d'évasion ne me parcoure plus l'esprit et sentant, du bout des orteils, le rebord de la planche aux suppliciés. Un vrai décor de pirates cette *Salle Famille N°2*, les matelots masqués, la mer des Caraïbes, les courants profonds, pas de prisonnier. La décision était prise, il y avait tout un protocole et tout ce protocole se résumait en un seul mot : débrancher. Débrancher votre père. Débrancher papa.

Je ne me souviens plus de la date, simplement du jour et de l'endroit. Le 197e jour, la chambre 310, le Secteur A, le couloir des Réanimations polyvalentes, le sas intermédiaire et la *Salle Famille N°2*. J'ai trouvé ce mot humiliant, débrancher, un peu trop simple, un peu trop froid, un peu trop machinal, mais il n'en existait pas d'autre, c'était le vocabulaire adapté, un mot correspondant aux robots, le corps de mon père, sa vie sur secteur, sa mort moderne et plastifiée. Il était allongé depuis 197 jours au milieu d'un arsenal de machines, une pour le cœur, une autre pour les poumons, les reins, les veines et le cerveau. Tout cela branché à une seule et unique multiprise, tout cela : mon père. À chaque visite, je vérifiais les prises alignées en file indienne sous son lit et fixais, avec fascination, le gros voyant rouge qui brillait en bout de ligne comme un phare dans la nuit. La médecine n'est pas bien compliquée, la vie non plus, elle va et vient, c'est bien connu, comme un interrupteur de multiprise qui s'allume ou qui s'éteint, on et off.

Ce jour-là, ils me laissèrent un instant dans la 310, puis me demandèrent de sortir, certainement pour m'éviter de voir une chose aussi banale qu'une pointe de chaussure blanche appuyant sur un bouton rouge, toc, comme pour éteindre le lampadaire du salon. Un temps s'écoula, ils durent couper le courant, les machines poussèrent un cri aigu, mon père resta silencieux, puis ils sortirent tous de la chambre avec les mêmes sabots difformes aux pieds. Ils me tapotèrent amicalement les épaules, me tendirent un café, restèrent quelques secondes à mes côtés, puis partirent tous dans des directions opposées. L'un d'eux, sans le vouloir, m'écrasa les pieds du bout de ses longues godasses en gomme molle. C'était préoccupant, pensai-je, des grands pieds comme ça, sans contrôle, dans un hôpital bourré de machines et d'interrupteurs à même le sol, des chaussures assassines qui éteignaient tout sur leur passage. Était-ce lui qui avait appuyé pour tout couper ? Un coup pour débrancher le père et un autre pour allumer le fils, à tâtons et à l'aveugle, toc, comme pour un fichu lampadaire.

Ça sentait la clim, l'alcool à 90, les compresses salies de sang et le plastique chauffé à blanc. Le lit passa devant moi, un drap recouvrait une forme qui devait être mon père et les portes se rabattirent derrière nous. Sans attendre, l'équipe de propreté se mit à désinfecter l'ensemble de la 310, les murs, les paillasses, le lit, les poignées et les vitres, afin d'accueillir au plus vite le patient suivant. Ça va, ça vient, oui, je sais bien, c'est ce que l'on dit. Lui en tout cas, mon père, c'est comme cela qu'il s'en est allé et sa mort qui dormait sur son lit d'hôpital depuis plus de six mois, son interminable mort, se précipita en un millième de seconde, le temps que dure la pression d'un pied anonyme sur un bouton électrique de multiprise.

Ces choses-là finissent par arriver

Nous étions assis à la terrasse d'un café, occupés à fumer, à boire et à vivre avec beaucoup d'application cette vie-là, la Grande Vie des petits troquets. Des filles passaient sur le trottoir, nous levions les yeux au ciel, allumions d'autres cigarettes, expirions de grands coups et commandions d'autres verres de blanc. Cette après-midi-là, le temps ne pressait pas et personne ne semblait disposé à entreprendre de grands projets. Paul dit qu'il ne retournerait pas au travail, pas maintenant, l'idée n'effleura même pas l'esprit d'Alexandre et, quant à moi, je n'en avais pas, de travail.

Nous avions encore quelques heures devant nous et la perspective de siroter du chablis avant d'aller chercher les filles des uns et des autres à l'école semblait ravir tout le monde.

Le garçon finit par laisser la bouteille sur la table, nous rîmes bêtement pour un rien et mon téléphone se mit à sonner, brisant ce petit instant de grâce. Paul grogna tout haut « la paix bon sang ! », Alexandre renchérit en tapant du poing sur la table « nom de Dieu, la paix ! » et je décrochai en faisant le malin, « encore une femme, à coup sûr ». Et oui, c'était bien une femme, mais celle-ci parlait de mon père. J'avais du mal à saisir ce qu'elle disait, elle parlait vite et mal, mais une chose était sûre, elle parlait de lui. « Ton père, ton père, ton père, ton père », quatre fois d'affilée, en marquant le « ton », en marquant le « père », « ton père », comme pour tenter de croire elle-même à cette association étrange de mots à laquelle plus personne ne pensait depuis bien longtemps, moi en particulier.

Derrière elle, des voitures passaient en trombe, des moteurs hurlaient, des pneus crissaient et toute sa voix semblait sortir d'un pot d'échappement, une sale fumée qui donnait déjà envie de tousser. Elle ne se présenta pas, ne me laissa pas parler et, de ses phrases qui se perdaient désormais dans l'immense vacarme alentour, je n'entendais que cela : « ton père », « ton père », comme une accusation qu'elle n'arrêtait pas de marteler. Je m'agaçai à mesure qu'elle continuait de parler pour ne rien dire d'autre que cela.

C'était elle, évidemment, la femme de mon père, ou l'ex-femme de mon père, celle qu'il décrivait autrefois comme la plus belle rencontre de toute sa vie et, bien plus récemment, comme la dernière des salopes. C'était tout ce que je savais d'elle, le pire, le meilleur et, au milieu des deux, un petit frère aperçu trois fois sur un écran d'ordinateur, un bout de gars pas plus haut que trois pixels.

Je perdis patience.

— Qu'est-ce qui se passe nom de Dieu ?

— C'est ton père, ton père…

— Quoi mon père ?

Elle se mit à hurler après une voiture.

— Quoi mon père ? hurlai-je à mon tour.

— Il est dans le coma, faut qu'tu viennes tout'd'suite, les médecins ne savent pas, personne ne sait. Il est à Saint-Denis, j'viendrai t'chercher à l'aéroport. C'est très grave, très, très grave.

Elle gueula une autre fois sur un gamin, mon frère certainement, puis le téléphone lui échappa des mains et tomba au sol. J'entendis le choc sourd du micro sur l'asphalte et la communication coupa net. À notre table de café, personne n'osait rien dire.

Le message était suffisamment clair : tout indiquait qu'un homme, mon père donc, était à l'hôpital dans un état critique, en train de mourir. Tout ressemblait à cela, à ce genre d'appel que l'on finissait par recevoir tôt ou tard. L'appel à propos du père. C'était son heure et c'était la mienne, sa mort et mon coup de fil, le même que d'autres amis avaient reçu au sujet de leurs pères dans des circonstances presque comparables. Et je repensais à cela, à tous les mots que l'on avait dits alors, à leurs premières phrases, aux émotions qu'ils n'avaient pu cacher, à tout ce qui avait surgi. Je repensais à cela et c'était comme si mon coup de fil appartenait à un autre : le père d'un autre, l'ex-femme du père d'un autre, le coma d'un autre, un autre fils, une autre terrasse, un autre jour, une autre vie.

Paul et Alexandre avaient tout entendu de la conversation. Ils se regardèrent discrètement, puis fixèrent le sol, leurs chaussures, le cendrier et le fond de leurs verres vides. Ils finirent par demander « c'est ton père ? » et je répondis que oui, que c'était mon père, comme pour avouer que c'était le mien. « C'est mon père », répétai-je, sans avoir la moindre idée de ce que cela pouvait bien signifier, pas plus que sa mort annoncée, pas plus que sa vie qui venait de passer. « C'est mon père », dis-je, comme dans une langue étrangère, étonné d'entendre dans ma bouche ces mots qui depuis longtemps n'avaient plus grand sens, étonné aussi de leur en trouver un autre, « c'est mon père » comme pour dire « c'est la mort », lui, elle, eux deux. « Ce sont eux », dis-je, « il me faudra certainement y aller », ajoutai-je, « en pleine après-midi, ça tombe vraiment mal », conclus-je pour rendre les choses plus légères, pour faire une blague, n'importe laquelle.

Nous nous séparâmes quelques instants plus tard, j'hésitais encore à les accompagner pour la sortie des classes, mais je prétextai finalement une course à faire en ville. Je les avertirais, « évidemment », je verrais bien si j'irais, « mais oui, mais oui », je les rassurai et les embrassai tous deux avant de plonger mes mains au fond de mon blouson, avec l'étrange impression qu'un autre que moi serrait ses poings et continuait seul son chemin le long du canal.

Cinq heures plus tard, sans trop savoir pourquoi ni comment, j'étais à l'aéroport, passai les tourniquets de la salle d'embarquement, présentai mon billet à l'hôtesse et ne répondis rien au chef de bord qui me souhaitait bon voyage. J'accrochai ma ceinture et, avant même que l'avion ne se positionne sur la piste de décollage, je m'endormis profondément.

L'île étrange

La première chose qui me revint à son sujet sentait l'alcool. C'était un soir de Noël et, sur la grande table basse du salon, ma mère avait passé toute la fin d'après-midi à poser un nombre incalculable de petits fours, de toasts, d'assiettes de charcuterie, de verres à pied et de bouteilles de champagne, afin que tout soit prêt avant que n'arrivent mes grands-parents.

À 20 heures pétantes, le bouchon vint s'écraser sur le plafonnier, nous nous mîmes d'un coup à crier « joyeux Noël », les flûtes se croisaient et s'entrechoquaient, ma mère s'activait, ma grand-mère courait dans tous les sens, mon grand-père me regardait en souriant et mon père, silencieux, descendit une première bouteille de champagne, sans attendre personne. Dans la maison, tout était illuminé et joyeux, pourtant son Noël à lui semblait triste et sombre. Le repas se passa comme les autres années et, comme prévu, arriva le moment de m'isoler quelques minutes à la cuisine, afin que le Père Noël puisse rapprocher des baies vitrées du salon son gros break rempli à craquer, une Citroën immatriculée 724-AG-31 (on voyait tout depuis la cuisine). C'était l'année de mes six ans, le fameux Noël du tracteur électrique, le même que celui de mon grand-père, un Massey-Fergusson tout rouge en plastique. Toute la famille se mit à applaudir quand je soulevai le drap et moi, de suite, sans y penser, je me mis à contrôler ce que mon père faisait, la tête qu'il avait, ce qu'il était en train de mâcher, de boire, de fumer. Je me souviens parfaitement de cela, que le tracteur était superbe, mais que quelque chose d'autre me préoccupait, que quelque chose n'allait pas aussi bien qu'il y paraissait. « Mais monte dessus », « mais essaye-le », « mais ne reste pas comme ça », « mais enfin Gaspard ». Alors je montai sur le Massey, appuyai sur la pédale et me frayai un chemin au milieu des restes de papier cadeau, de pantoufles et de rires (sauf un) qui m'encourageaient à continuer. « Un tour de plus », « un autre », « autour de la table », « on te chronomètre », « 3, 2, 1, c'est parti » et le Massey m'emportait machinalement autour de la table et de son petit manège familial, sous les cris de joie et de fierté d'un public tout acquis, montrant à chaque passage le visage de mon père qui s'enfonçait un peu plus vers un ailleurs inconnu.

À chaque tour, un visage pire qu'au précédent, un sourire gêné de ne pas y arriver, une ébauche de grimace qui disait « j'aimerais bien, mais je ne peux pas ». Et à chaque tour, un verre de plus, du vin, du porto, du champagne, du cognac, 10 tours, 20 tours, 30 tours, et mon père s'écroula, ma mère se mit à hurler, ma grand-mère bondit vers lui, mon grand-père continuait de me sourire calmement et je descendis de mon tracteur, incapable de faire un pas devant l'autre, vacillant comme une toupie, presque aussi bourré que mon père. Ma mère a toujours répété que mes problèmes d'alcool venaient de là, de lui, que j'étais comme lui, sur ce point précis, précisait-elle, pour ne pas se faire peur à chercher ailleurs d'autres ressemblances.

Toujours est-il que ma première cuite fut comme cela, à six ans, et c'était le seul souvenir qui me revenait alors en pensant à lui, tandis que mon voisin de rangée me faisait du coude pour que je réceptionne le plateau-repas, dise « poulet » ou « poisson », baisse ma tablette et réponde par oui ou par non au sujet de la fiolette de vin. La lumière blanche éblouissait, le bruit des réacteurs semblait soudain assourdissant et les trappes d'air conditionnée ventilaient une odeur de cantine froide.

Je dis oui pour le flacon de vin, en demandai même un second, et un troisième si possible. J'étais prêt à payer s'il le fallait, mais qu'on me laisse picoler, maintenant qu'on m'avait réveillé. Le voisin sourit, l'hôtesse glissa gentiment une autre fiole sur le plateau et j'eus la sensation que ce Boeing, exactement comme l'avait fait mon tracteur à pédale, me traînait de force vers son corps allongé, jusqu'à buter sur ses pieds. Et je m'efforçais de me souvenir de lui, de repenser à d'autres moments, à d'autres situations, de chercher le moindre détail qui rendrait tout cela logique et ferait de ma place 37B celle qu'il était normal d'occuper. Mais rien ne venait et le charter continuait machinalement sa marche en avant, dans son vacarme monotone et son atmosphère climatisée, flottant quelque part dans le vide, perdu dans la nuit.

Quelques heures plus tard, le pilote annonça notre descente imminente sur l'île de La Réunion et nous levâmes d'un coup les cache-hublots pour en prendre plein la vue. Il y avait du bleu, du blanc, du vert et un type à l'avant de l'appareil lança tout haut « Ah ! Ça va nous changer d'Paris ».

Le capitaine et tous les membres de l'équipage nous invitèrent à ajuster nos ceintures, redresser les dossiers de sièges et rappelèrent que l'importation de produits végétaux était interdite par la loi. Le message fut dit une première fois en français (longuement) et une seconde fois (très rapidement) dans une langue étrangère non identifiée qui ressemblait à la conversation *in english* de deux Chinois par talkie walkie. Il donna enfin quelques précisions et recommandations de l'Office national du tourisme réunionnais : la baignade en mer était interdite (requins), les bains de rivière fortement déconseillés (nombreux cas de leptospirose) et les moustiques de l'île pouvaient être porteurs de dengue ou de chikungunya, mieux valait s'en protéger en portant des tissus épais et couvrants. Ce dernier message, à cause de la complexité des termes employés, ne fut prononcé qu'en français, tant pis pour les étrangers.

Les touristes se mirent à rire nerveusement, plus que cinq minutes avant vos vacances de rêve, PNC à vos portes, atterrissage, les toboggans, merci d'avoir volé en notre compagnie. Nous avions tous l'air préoccupé, eux par cette histoire de baignade interdite et moi par l'envie de repartir sur-le-champ retrouver Paul et Alexandre à la terrasse d'un autre café. L'irrésistible envie d'en rester là, ne pas en savoir plus et arrêter de tirer sur des souvenirs qui ne voulaient pas revenir.

Derrière moi, un énorme monsieur se mit à souffler ; visiblement ces vacances ne lui disaient rien non plus. Il craignait les coups de soleil, les moustiques et la nourriture créole pimentée, « ces types-là bouffent du feu », marmonnait-il, déjà en nage rien qu'à l'idée d'en manger. Durant la nuit, les pieds du gros monsieur avaient tellement gonflé qu'il lui était désormais impossible d'enfiler ses chaussures, ces vacances commençaient vraiment à lui plaire, « ça commence vraiment à me plaire ces vacances ». Sa femme était encore assise, emmitouflée dans la couverture bleu roi de la compagnie, elle grelottait et c'était certainement la chose qui l'énervait le plus, cette idée d'attraper la grippe juste avant de partir en vacances. « Ça commence vraiment bien ! » grogna-t-il, maintenant en chaussettes dans le couloir central de l'avion, à se débattre avec une valise trop large qui butait sur tous les accoudoirs de l'allée. Je suivis le gros monsieur jusqu'au premier portique de police, réconforté qu'une autre personne que moi n'ait aucune envie de descendre de l'avion, sortir de l'aéroport et découvrir cette île dont on pouvait parfaitement se passer.

Comme convenu, la femme qui m'avait joint par téléphone m'attendait devant les caisses automatiques du parking. Elle était plus jeune que moi, pesait dans les cinquante kilos et tenait du bras droit un enfant de moins d'un mètre, un petit garçon. Il y avait du bruit, des pots d'échappement et des moustiques gros comme des mouches qui vous piquaient le cou, le revers des mains, l'intérieur des oreilles, le milieu du front. Cette femme était toujours entourée de bruit, pensai-je en traversant le passage piéton qui me séparait d'elle, et aussi de pollution, remarquai-je en répondant de la main aux signaux qu'elle me lançait.

— Ah, on finira quand même par se connaître, commença-t-elle. Eh bien c'est moi, Ana !

J'esquissai un faux sourire en guise de réponse, une sorte de bouche tordue qui disait « rien à foutre ».

— C'est drôle, je t'imaginais plus petit, sur les photos tu fais plus petit.

— J'ai dû grandir.

— Oui, oui, depuis le temps !

— Et lui ?

— Lui, c'est ton frère, c'est Léo. Léo, dis bonjour à ton grand frère !

Elle poussa en avant un gosse de quatre-cinq ans, Léo, mon frère. Il regardait ses pompes, des sandales vert et rouge. Il dit « bonjour grand frère ».

J'aurais pu me baisser pour l'embrasser, lui faire trois guilis dans le dos ou deux caresses sur la tête, il existe toutes sortes de techniques quand on vous présente un gosse dont on n'a rien à faire. Mais rien de tout cela ne vint, rien d'autre que mon sourire tordu et les pastilles à la menthe qu'il me restait du voyage. « Tiens, c'est pour toi », le gosse prit les bonbons et les fourra dans ses poches, les présentations étaient faites. Deux frères de sang. Léo regarda sa mère avec de grands yeux écarquillés, tout excité, comme si je venais de lui remettre un trésor. Cela ressemblait à un moment attendu depuis très longtemps, un moment qui dépasserait tous les espoirs imaginables. Trois pastilles à la menthe, trente ans d'écart, Fisherman Friends, *it's a bit strong* dit le slogan.

J'allumai une cigarette que je finis en trois bouffées. L'air manquait, à cause de cette humidité compacte et à cause, aussi, de son visage qui ressemblait à s'y méprendre aux photos de mon enfance. J'avais enfin un second souvenir, là, juste devant moi, accroché sur le visage du fils de mon père, mon visage de gosse. Ma bouche se tordit encore un peu plus, presque à la verticale, le mégot tomba, Léo avala une première pastille et Ana nous mena jusqu'à la voiture.

En chemin vers l'hôpital, Ana m'expliqua la situation en détail, les infarctus, le coma, les visites à l'hôpital, le Secteur A, la voiture de mon père à disposition, un double des clés, une chambre disponible pour moi à la maison, mon indépendance, aller et venir comme je le souhaitais, pronostic vital engagé, en profiter pour connaître le petit, vraiment pas de chance, mon père parlait souvent de moi, il était sportif quand même, Léo est si jeune, ce genre de choses. Elle dit tout cela en bloc, dans son français infernal, je ne répondais rien et repensais au gros monsieur de l'avion, à l'annonce des requins qui rodaient et à la pisse de rat qui coulait partout dans les rivières de l'île.

Ana conduisait et, sur notre droite, l'océan étendait un horizon bien taciturne dont rien n'indiquait qu'il était dangereusement peuplé. Des palmiers défilaient, quelques bateaux stationnaient à quai et le front de mer offrait ce qu'il pouvait, presque désolé de montrer exactement ce qu'on attendait de lui : trois vieux canons rouillés tournés vers le large, du sable clair, des cabanons à panini, un SDF torse nu et une famille de touristes anglais aux genoux écarlates. Qu'avaient-ils compris, ces Anglais, des annonces faites dans l'avion ? Savaient-ils pour la dengue et les requins ? L'océan était lisse comme une flaque d'huile, la famille traversa le passage piéton en direction de la plage et dans la voiture régnait pour la première fois un silence parfait. Un silence de mort, comme on dit sans y penser.

Nous les regardâmes traverser lentement le passage clouté et eux aussi nous observaient, de l'autre côté du pare-brise, comme hypnotisés par le spectacle banal d'une autre famille au complet. S'ils savaient. L'envie me brûlait de descendre pour tout expliquer, qu'ils ne s'imaginent surtout rien, qu'ils sachent que ces gens-là, dans la voiture, n'avaient rien à voir avec moi, que je n'étais pas le mari de cette femme qui conduisait, que ce gamin n'était pas le mien, qu'il était mon frère, que mon père était à l'hôpital en train de mourir, que la mer était pleine à craquer de requins, qu'ils ne se baignent sous aucun prétexte, que cette île était un enfer et qu'une heure seulement après mon arrivée je cherchais déjà le moyen d'en repartir.

Je tournai une dernière fois la tête vers l'océan, les Anglais foulaient le sable en courant vers le large et le feu passa au vert. La voiture prit à gauche et l'hôpital apparut à flanc de falaise, un immense bloc blanc suspendu sur le haut d'une ravine luxuriante, prêt à se casser la gueule spectaculairement. « Ton père est à la 310, présente-toi à l'accueil et dis que tu es son fils », me suggéra Ana, au cas où l'idée me vienne de dire autre chose, d'entrer dans le hall, me payer un café, lire les gros titres du journal et me tirer. Ana et le petit resteraient dans la voiture, ils m'attendraient sur le parking le temps que dure ma première visite et, quand tout serait terminé, nous rentrerions ensemble à la maison, afin que je puisse enfin me reposer, le voyage m'avait certainement fatigué. Tout était bien prévu, comme un tour-opérateur d'une terre inconnue, ce qu'il restait de mon père, son île étrange.

Je m'exécutai et traversai sans réfléchir le parvis du CHU, c'était cela ou rester avec eux dans la voiture, un peu d'hôpital avec lui ou rentrer plus tôt à la maison avec deux inconnus, comme si de rien n'était, en famille. « À la maison », comme disait Ana, qu'est-ce que cela pouvait bien signifier, la maison ? « Mon père est en réanimation, à la chambre 310, je suis son fils », lançai-je à la réceptionniste en lui tendant ma carte d'identité. Elle vérifia ces informations sur son écran de contrôle.

« Monsieur B ?

— Oui.

— Vous êtes son fils ?

— Oui.

— Vous pouvez monter, votre père est en réanimation à la chambre 310, présentez-vous au bureau d'accueil du troisième étage, dites que vous êtes son fils. »

Arrivé au troisième étage, je me présentai exactement comme on m'avait dit de le faire, en me faisant passer pour le fils du père qui dormait à la 310. Cela n'étonna personne. L'infirmière me demanda de patienter un instant, la psychologue en charge des accompagnants me recevrait dans son bureau avant d'entrer dans la chambre du patient, c'était le protocole pour ce genre de cas.

Quelques minutes plus tard, une femme d'une cinquantaine d'années apparut dans le couloir et vint échanger trois mots avec l'infirmière de l'accueil. Elle tourna les pages d'un dossier en oscillant de la tête, sans qu'il ne soit possible de savoir si c'était bon signe ou mauvais signe. Elle bougeait simplement la tête en tordant ses lèvres, puis il y eut un silence et j'entendis bien distinctement « c'est son fils », au moment où les deux femmes relevèrent leurs regards pour les planter au fond du mien, qui les observait. En une fraction de seconde, le visage de la psychologue changea deux ou trois fois d'aspect, comme si son cerveau cherchait le logiciel adapté, celui du discours au fils, puis elle s'élança et parcourut les quelques mètres de distance qui nous séparaient, d'une allure très volontaire et arborant un magnifique sourire, le même qu'ont les vendeurs Darty au moment des soldes.

Une fois dans son bureau, elle m'expliqua le pourquoi du comment, en me disant très précisément cela, « expliquer le pourquoi du comment de cette petite réunion ».

Il ne s'agissait que d'expliquer quelques concepts cruciaux, dégrossir rapidement ce que pouvait être la réanimation, rester à l'écoute, répondre aux premières questions, donner quelques conseils et mettre un visage sur l'équipe, pour que tout cela reste « malgré tout » humain. Elle se rinça quatre fois les mains au gel désinfectant, fixa du regard un point sur le plafonnier, se mit à malaxer nerveusement une balle en mousse et continua sa réplique d'être humain, afin que tout cela reste « malgré tout » humain.

Comment parler au patient malgré son coma, que fallait-il évoquer, quelle musique lui faire écouter, quelle couleur lui faire visualiser (« malgré son coma », précisait-elle à chaque fois), où s'asseoir dans la chambre, de quel côté du lit (malgré son coma), comment le toucher (malgré...). Je sortis de l'entretien avec une feuille plastifiée résumant les points importants, tous soulignés deux fois, comme sur une ordonnance: être positif pour deux, parler comme s'il entendait, évoquer des souvenirs partagés, ne pas toucher aux machines, ne pas les mentionner, ne pas penser à la mort, écouter des musiques douces, des musiques agréables, la liste ne précisait cependant pas les interprètes.

La psychologue me souhaita bonne chance et me remit aux mains d'un infirmier qui me guida dans les couloirs du secteur A, jusqu'à la chambre de mon père, la 310. Il lorgnait de côté, scrutant le moindre signe de défaillance de ma part, mais je marchais bien droit, il y avait tout un protocole et mon rôle était parfaitement détaillé sur la feuille en papier. Je lançai un rapide clin d'œil au copain, comme pour le rassurer et lui dire « t'en fais pas », mais sans pour autant pouvoir le dire vraiment. Le clin d'œil suffirait. Qu'on le veuille ou non, tout ce protocole finissait quand même par impressionner. Un long couloir s'ouvrit devant nous, un virage à droite, un virage à gauche, les chambres 313, 312, 311 et enfin la 310, nous étions arrivés, il ouvrit la porte vitrée et mon père, du moins un homme, apparut allongé dans son cercueil de l'an 3000, transpercé de part en part par des durites rouge vif, comme déjà mort, mais une mort disséquée, tout exposée dans une pièce de 15 m^2.

L'infirmier continuait de loucher dans ma direction et je déçus, cela ne fait aucun doute, je déçus toute l'équipe. L'odeur de la 310 me fit vomir une première fois sur les poches de dialyse posées au sol, la couleur du sang dans les tuyaux une seconde fois, un peu plus loin ce coup-ci, et les yeux révulsés de l'homme allongé dans le lit finirent de vider mon estomac, mes tripes et ma gorge qui ne semblait plus disposée qu'à cela : vomir. C'était raté pour les recommandations et, ce jour-là, nous n'écoutâmes ni musiques douces ni chansons agréables, pas plus que nous n'évoquâmes de souvenirs partagés. Des souvenirs, il n'y en avait d'ailleurs toujours pas et quand bien même certains seraient apparus, l'odeur du vomi mêlée à celle de la mort les aurait fait fondre sur-le-champ, au son répétitif du bip des machines, comme de grands coups de pelles sur de la tôle. On n'entendait que cela, bip, bip, bip, rien ni personne d'autre, uniquement cela, le bip, bip, bip.

Ana et mon père n'habitaient plus ensemble. Les deux appartements, le divorce, les activités de Léo, un week-end sur deux, les anniversaires à trois, etc., c'est elle qui me précisa toutes ces choses dont je n'avais rien à faire. Elle avait pourtant décidé de s'installer chez mon père le temps que dure son hospitalisation, pour rendre les choses plus faciles, pour Léo, pour je ne sais quelles raisons. C'était plus simple pour elle et puis, après tout, c'était certainement ce qu'il aurait aimé, mon père, nous savoir tous réunis chez lui, pendant qu'il mourait à l'hôpital. On vous prête de ces vœux, on vous dit de ces conneries, faut les entendre.

Elle ouvrit la porte, j'essuyai mes semelles sur le paillasson et nous entrâmes tous les trois chez lui, son ex-femme, son fils et moi, plantés au milieu de son salon, sans faire de bruit, comme si mon père faisait encore la sieste sur le canapé. Puis Ana brisa le silence, Ana entreprit la visite des lieux, Ana ne s'arrêta plus jamais de parler. Léo et moi suivions en file indienne, sans rien dire.

Les chambres, les placards, la salle de bains, la machine à laver le linge, le programme *Eco* qui ne marchait pas bien, le programme *Synthétique* qui oui, le programme *Délicat* qui pas toujours.

Le petit me regardait et je regardais partout autour la vie inconnue de mon père, toutes les traces et preuves banales de son existence encore fraîche. N'importe quel de ces objets le connaissait mieux que quiconque, les murs, les meubles, les détails. C'était avec eux qu'il vivait, pas avec nous. Eux savaient, eux étaient chez eux, eux l'avaient vu pour la dernière fois, eux ceci, eux cela, eux tout ce temps-là. Pas nous, eux : les restes de courses dans le frigo, les bouts de papier griffonnés, son t-shirt sous l'oreiller, la panière pleine de linge sale et sa chambre qu'Ana, sans y penser, m'avait attribuée. C'était certainement, aussi, ce qu'il aurait voulu, que je dorme à sa place avec chaque soir les draps du lit encore chaud au moment de s'y glisser. Une mauvaise blague tropicale qui mettait mal à l'aise.

Une fois la visite terminée et le double des clés remis, Ana disparut en cuisine, Léo renversa un puzzle sur la table du salon et les choses semblèrent reprendre exactement là où elles s'étaient arrêtées. On était presque tenté d'y croire, la maison, la petite famille, les projets d'avenir, et moi à la place de mon père, l'air de rien. Je défis ma valise, changeai de chemise et hésitai un moment à enfiler une paire d'espadrilles trouvée sous son lit. Et puis merde à la fin, je les enfilai, qu'est-ce que cela pourrait bien changer ? Les pieds maintenant enfoncés dans les espadrilles trop petites de mon père, il ne me restait plus qu'à patienter jusqu'à la prochaine visite au CHU, venir m'asseoir successivement sur tous les canapés du salon, écouter les absurdités d'Ana, sortir faire un tour en voiture, visiter le marché créole, acheter des fruits qui faisaient envie, des cigarettes sans filtre et des lunettes noires pour ne pas s'esquinter la vue.

Sur les murs de la maison, la plupart des photos étaient encore celles d'Ana : Ana à la plage, Ana en voyage, Ana et sa grossesse, Ana et son gosse, tous en photo, un par un, deux par deux et enfin tous ensemble, avec mon père et son sourire lointain de grand-père désabusé. Sa vie passée avait semble-t-il du mal à être décrochée et ce n'était pas exactement l'idée que l'on se faisait d'un divorce bien accepté. Sur chaque cliché, Ana sortait bien en arrière ses fesses de gamine, comme pour hypnotiser le vieux photographe, ce qui avait semble-t-il très bien fonctionné. Les fesses d'Ana en voyage, les fesses d'Ana en bikini, les fesses d'Ana à la cuisine, dans le couloir, au salon, quel que soit l'endroit de la maison où l'on s'asseyait, cette chose pathétique vous sautait au visage, d'une manière ou d'une autre, sous tous les angles.

Au milieu de toutes ces photos, je découvris un portrait de moi enfant, coincé là entre deux culs, une photo que je décrochai sur-le-champ pour ne pas rester suspendu dans un endroit où je n'avais rien à faire. Léo continuait d'observer le moindre de mes gestes, il me souriait et, pensant certainement que les photos m'intéressaient, partit en courant chercher l'album de sa naissance, de grandes pages cartonnées qu'il tournait en commentant chaque cliché de la même manière : « Là c'est moi, maman et papa. » Et c'était exactement cela : lui, sa mère et son père.

« Les garçons, ça vous dit un bon taboulé ? Un bon petit taboulé maison », brailla Ana depuis la cuisine, « hé oh les garçons, ça vous dit ? » hurla-t-elle une seconde fois. Léo me fixait, attendant avec impatience ma réponse, je fis un signe de la tête pour avoir la paix et sortis fumer sur la terrasse. « Oui maman, ça nous dit, ça nous dit le taboulé », cria-t-il tout excité, comme si les grandes vacances venaient à peine de commencer.

Les jours suivants se mit en place une routine désastreuse. Prendre mon petit-déjeuner en face de Léo, ne pas lui prêter attention, lui dire non pour le puzzle, non pour le foot, non pour les fléchettes, éviter Ana, descendre à la plage pour fumer, boire d'autres cafés et, vers 12 h, monter dans la voiture pour rejoindre l'hôpital. En chemin, j'écoutais toujours le même programme radio, regardais les mêmes bâtiments, trouvais l'océan laid, la falaise ridicule et toute l'île minuscule.

Le parking du CHU ressemblait à celui d'un supermarché et mon cœur qui se soulevait en entrant dans la 310 redescendait toujours froidement et platement, une fois assis sur mon tabouret, à attendre que l'horaire des visites soit dépassé pour rentrer chez lui, soutenir le regard de son fils, écouter les conneries de son ex-femme, dormir dans son lit moite et prendre de nouveau, le jour d'après, un petit-déjeuner en face d'un môme qui me ressemblait.

Dans la chambre 310, je passais chaque après-midi à observer son visage en essayant de reconnaître quelque chose et de calquer sur ses traits les mots qu'Ana n'arrêtait pas de répéter : « Ton père ». De voir si cela collait. J'étais incapable de prononcer la moindre chose ni de sortir le moindre son et mon silence participait à cette observation, comme dans ces documentaires animaliers où l'on ne sait jamais si la bête finira par se montrer, si quelque chose finira par se passer. Qu'aurais-je bien pu dire ? Et que lui dirais-je s'il se réveillait ? D'ailleurs, que lui avais-je déjà dit ? Son reste de vie comateuse ressemblait à s'y méprendre à notre relation des dernières années, un ou deux coups de fil par an pour ne rien dire, suspendus à des kilomètres de lignes téléphoniques et connectés par machines, exactement comme dans sa chambre d'hôpital. Des coups de fil tout aussi absurdes que ces longues heures passées assis sur mon tabouret, sans savoir pourquoi, à regarder dans le vague et écouter nos deux absences évidentes.

Les seules distractions étaient les visites nombreuses qu'il recevait dans sa chambre, presque toutes des femmes, des femmes qui pleurnichaient, des femmes qui racontaient ce qu'elles voulaient, qui parlaient de lui, qui en savaient plus que moi. Vous êtes son fils ? Oui et vous ? Elles levaient les yeux au ciel comme pour dire que leurs histoires se passaient de mots, qu'il n'y avait pas de mot pour décrire cela, que dans une chambre d'hôpital, à côté d'un mort encore vivant, on ne pouvait pas dire ces choses-là. Des histoires de cul en somme.

Généralement, elles ne revenaient pas deux fois et, en sortant de la chambre, les mains encore alcoolisées du liquide désinfectant, elles jetaient un dernier regard sur la dépouille du vieil amant, comme pour revoir d'anciens souvenirs intimes, un petit coup par-ci, un petit coup par-là, à l'arrière d'une bagnole. Ce devait être ce genre de type-là, mon père, un sauteur de banquettes arrière, un coup de frein à main sur les rebords des trottoirs obscurs, l'éternel retour du petit matin.

C'était toujours mieux que rien, de l'imaginer comme cela, cette supposition le rendait presque sympathique. Idiotement me venait presque l'envie de lui taper les épaules en fanfaronnant, comme pour en rester là et ne pas en savoir plus : sacré roublard le vieux matou, tel père tel fils, les chats ne font pas des chiens… À la 310, on finissait rapidement par s'inventer des vies comme on s'inventait des pères et, le reste du temps, il ne restait qu'à fermer sa gueule en attendant que la vie, la vraie, finisse par passer. Mais elle ne passait pas et son coma s'éternisait. Une semaine, dix jours, quinze jours, les médecins ne disaient rien, ne savaient rien, il mourrait certainement, mais impossible de savoir quand. Je me décidai alors à quitter cette île misérable, c'en était déjà bien assez, attendre quoi, attendre qui, ma visite de fils touchait à sa fin et ma patience à ses limites.

C'est alors qu'un autre souvenir me revint à son sujet, un souvenir lointain, lui aussi rempli d'alcool et de nausée. C'était il y a bien longtemps, un soir de cuite. Mon père et ses bières m'avouèrent en grande pompe une anecdote de rien du tout : s'il n'avait pas autant picolé au moment de connaître ma mère, je ne serais certainement pas né. Mon père et ses bières aimaient bien la provocation. Mon père et ses bières n'étaient pas toujours très inspirés et, souvent, manquaient de tact.

Je devais avoir dans les quinze ans et ce soir-là nous rîmes comme deux camionneurs, lui certain d'avoir fait un bon mot, un vrai truc de rockeur, et moi, je ne sais pas, je ris par gêne, je ris plus fort que lui, j'explosais de rire et je trouvais cela absolument nul. Je ris en pensant « je t'emmerde » et je ris en serrant mes mains, comme pour serrer ma mère dans mes bras.

Trente-cinq ans après une cuite qui m'avait valu de vivre, je retrouvais cette étrange sensation de gueule de bois, comme une vague intuition qu'il aurait mieux valu ne pas venir, qu'un père qui vous disait cela, rien ni personne ne pourrait le sauver, surtout pas son fils. Et je me mis à compter : la cuite de la conception, la cuite de la naissance, l'arsouillade du baptême, la beurrade de chaque anniversaire, le vomi de la première communion, mais combien de cuites avait-il prises à cause moi ? Et combien de fois avait-il dégueulé, mon père, comme conséquence du fait que j'étais né ?

Enfermés

Alors que je m'apprêtais à tout abandonner, après deux interminables semaines passées à son chevet, alors que ni sa mort, ni ma tristesse, ni aucun souvenir heureux ne semblaient exister, l'État ordonna spectaculairement la fermeture des frontières, décréta l'urgence sanitaire, interrompit tout trafic aérien et assigna la population à domicile, pour une durée indéterminée.

Une pandémie, la première, venait d'éclater et ce virus présentait, disait-on, à la différence des autres, une *subtilité excessive aboutissant souvent à des complications tracassières (Larousse, définition de Chinoiserie, langage*

Fam). Ils l'appelèrent ainsi C-Virus, « C » pour Chinois, mais sans le dire expressément, diplomatie oblige. Les commerces et espaces publics furent tous fermés, hormis ceux de première nécessité, et la possibilité de quitter l'île venait soudainement de s'envoler.

La Réunion devint plus que jamais ce qu'elle était, un petit caillou isolé, une tache noire perdue dans le bleu des cartes, un nom particulièrement mal choisi nous concernant. Une réunion forcée. Mes plans d'évasion venaient de tomber à l'eau, il me faudrait rester et, quitte à rester, il me faudrait le voir, on m'y obligeait presque, à cette première nécessité à laquelle je n'aurais jamais pensé.

À cause de ce nouveau virus, les visites aux malades du Secteur A furent strictement encadrées et seul un accompagnant par patient était accepté, si le cas était suffisamment grave et si et seulement si une dérogation était accordée. Dans le secteur A, grave voulait dire mort imminente. J'obtins sans grande difficulté ma dérogation, un papier signé par le grand chef du service des réanimations, « Je, soussigné Docteur Martignole, chef du service des Réanimations polyvalentes et intensives du CHU de Saint-Denis, autorise, à titre exceptionnel Monsieur Gaspard B à rendre quotidiennement visite à Monsieur Jean-Loup B, patient hospitalisé dans la chambre 310 du secteur A, dans la limite des horaires prévus et le respect de l'ensemble du protocole sanitaire en vigueur à cette date. Pour faire valoir ce que de droit ».

Ma dérogation devrait tous les jours être présentée au contrôle de sécurité de l'entrée principale, puis au vigile de l'ascenseur, puis à l'entrée du bâtiment III, puis à l'aide-soignante du secteur A. Quatre fois par jour, il me fallait tendre aux mêmes personnes ce bout de papier sur lequel était marqué noir sur blanc « je suis le fils du type qui meurt dans la 310 » et, grâce à cela, faire valoir ce que de droit, c'est-à-dire continuer mon chemin. « C'est OK, vous pouvez passer. » L'administration reprenait ainsi ses vieilles habitudes et, sans hésiter, fit de la mort le seul laissez-passer qui vaille, la seule chose qui puisse encore vous ouvrir des portes, mais d'une manière qui toujours faisait se sentir redevable. On vous offrait donc sur un bout de papier ce qui n'appartenait à personne d'autre que vous, la jouissance de la mort, mais « à titre exceptionnel » et « dans la limite des horaires prévus », pour vous faire une fleur. On se sentait privilégié, on se sentait fébrile et minable, c'était terrifiant, ce virus-là collé aux papiers.

Il fut par ailleurs et par la loi interdit d'être à portée de main d'un congénère, de raser les murs, de se boucher les oreilles (les mains étaient vectrices de contamination), de se pincer le nez parce que cela puait (toujours à cause des mains), de prendre l'air, de ne pas applaudir aux fenêtres quand on nous demandait d'applaudir (pour finir de tuer, par tapotement, les restes de virus sur nos mains) et bien d'autres précautions que des considérations de santé publique imposaient tout naturellement. Il me faudrait donc m'asseoir à distance acceptable de lui, sentir l'odeur de sa mort, écouter ses machines, ses bruits de gorge ouverte, applaudir joyeusement le personnel soignant et rester à la verticale, sans jamais pouvoir m'appuyer aux parois que rien ne devait toucher. Il fut, de manière générale, interdit de vivre pour ne pas risquer de mourir, ou l'inverse, je ne sais plus, on finissait par s'y perdre.

Le soir de l'annonce du confinement général, je sentis que l'étau se resserrait. Léo et moi étions plantés devant la télévision, lui dans son déguisement d'Indien et moi raide comme un piquet, assis sur le rebord du canapé. Depuis la cuisine, Ana gueula de mettre le volume au maximum, afin d'entendre, en même temps qu'elle enfournait ses quiches, la grande allocution de l'Élysée.

Nous plongeâmes alors dans un vacarme assourdissant, comme si monsieur le président était lui-même assis sur le canapé, à hurler dans un mégaphone ses mots en forme de barreaux : « confinement », « cent jours supplémentaires », « renouvelables », « effort commun », « état de siège »,

« la guerre est déclarée », un lexique martial qui deviendrait par la suite bien banal.

Léo sortit une flèche en plastique de son carquois et tira, une première fois, en direction de la baie vitrée. Le projectile à bout de ventouse fit un bruit sourd sur la grande vitre et la flèche resta un instant à se balancer de haut en bas, comme si elle était suspendue à la nuit qui, dehors, de l'autre côté, empêchait de distinguer le moindre relief. Il en décocha une seconde dans ma direction et, étonnamment, la ventouse fonctionna tout aussi bien sur mon front bouillant que sur le verre glacial. Juste entre mes deux yeux, la flèche pendouillait masquant aléatoirement ce qui se tenait devant moi : un président à la télé, le fils de mon père et quelques détails sans importance.

« Confinement », « cent jours supplémentaires », « état de siège ». L'unique sortie pour laquelle j'aurais désormais une dérogation serait donc ma visite quotidienne au CHU, pour le reste il faudrait s'enfermer dans sa maison, aux côtés d'Ana et de Léo. L'introspection dans la peau du paternel se durcissait et, dans mon corps à moi, je sentis mon dos se raidir, mes poumons rétrécir, mes dents se serrer.

Avant qu'Ana ne sorte de la cuisine, je filai dans la chambre de mon père pour ne pas avoir à croiser son regard ni entendre ses commentaires sur le discours que nous venions de nous faire hurler dessus. L'annonce du confinement m'avait ébranlé en profondeur et mieux valait s'enfermer sur-le-champ, seul dans la chambre de mon père, l'unique endroit que j'avais pour l'instant réussi à réquisitionner. Ce serait donc mon bunker, sans photo d'Ana pendue au mur, rideaux tirés, porte verrouillée et musique en boucle pour couvrir le bruit de cette maison qui continuait inlassablement de vivre au son de la télévision.

Mais dès le lendemain matin, malgré les règles que j'avais tenté d'instaurer, Léo le Peau-Rouge pénétra dans ma chambre. Lentement, le petit Indien ouvrit la porte, se faufila comme une anguille et rejoignit en rampant le bord du lit d'où j'observais l'assaut, l'œil à demi-ouvert et l'oreiller déjà serré dans une main, au cas où je devrais cogner. Les plumes de sa coiffe longeaient le matelas et dépassaient du drap comme des ailerons de requins. J'entendis un bruit de crémaillère, une manivelle qui remontait un mécanisme automatique, il y eut un bref silence, un petit rire étouffé et, sur le côté droit du lit, au travers des plissements du drap désorganisé, apparut un immense serpent métallique qui sortait une langue fourchue à chaque avancée. Je restai immobile et l'Indien, caché en embuscade, étouffa tant bien que mal un second rire nerveux. Le cobra progressait mécaniquement, franchissant les unes après les autres les collines blanches derrière lesquelles je m'étais retranché, mais à moins d'une longueur d'oreiller, le mécanisme s'enraya et le reptile s'arrêta net, la langue toute tirée en dehors. En bas, l'Indien s'agitait.

Un instant passa et nous tenions alors du bout des doigts, Léo et moi, notre premier souvenir d'enfance à partager. Le cobra en ferraille, c'était une première attaque entre frangins, une aventure fondatrice, une anecdote dont on se rappellerait plus tard. Mais les choses n'étaient pas si simples et, dans ce lit qui n'était pas le mien, la présence d'un petit frère en attente d'affection faisait couler dans mes veines un sang plus froid encore que celui d'un serpent en métal de canettes. Être frère n'était plus une obligation, c'était un choix. J'avais donc le choix, l'adopter ou non, le prendre dans mes bras ou continuer de l'ignorer, lui, Léo et tous les autres : le fils de mon père, mon nouveau frère, le sosie du gosse que j'avais été. C'était beaucoup, toutes ces personnes à embrasser d'un seul coup. J'en restai paralysé et cette tendresse à donner tout entière, je ne l'avais pas, je ne pouvais pas. Le Cheyenne s'impatienta et releva lentement la tête pour voir ce qu'il se passait. Les yeux grands ouverts, il apparut à l'horizon et croisa, non moins grand ouvert, mon regard qui l'attendait, terrorisé.

Nous nous observâmes un moment en silence, avec suffisamment de gravité et d'intensité pour qu'un gosse de cinq ans reste immobile, à chercher des signaux, des failles et des indices qui lui permettent de savoir sur quel pied danser. Il cherchait cela sur mon visage et moi, sur le sien, toutes ces années écoulées, incompréhensibles et insaisissables, le père que j'avais eu, celui que je pourrais être, l'infinie combinaison de vies qui s'étaient ouvertes à nous et celles qui, sans savoir pourquoi, s'étaient imposées à chacun. Il était comment son père à lui ? Il s'en souvenait comment de lui ? Voilà ce que j'observais, tétanisé dans le lit de mon père, le grand absent qui, à quelques kilomètres de là, se cachait derrière son coma et son droit de non-réponse.

Léo et moi restâmes figés quelques secondes qui parurent une éternité, comme deux passagers de métro, les visages collés aux vitres de leurs wagons encore à quai. Les trains partiraient dans des directions opposées, mais il restait encore la possibilité de descendre, de traverser les rails et se retrouver. Qui ferait le premier geste? Il fallait se décider, c'était maintenant ou jamais, là, devant nous, à portée de mains.

Mais l'on sentait déjà l'inertie de la rame qui se mettait en marche, le mouvement rectiligne de toutes ces choses impossibles et inavouables. Et je sentais que je ne pouvais pas, que le train filait, que c'était plus fort que moi. Léo ramassa son serpent sans rien dire de plus, sortit de la chambre et me rendit à la nuit qu'il avait tenté d'abréger. J'étais désolé, je ne pouvais pas.

Soixante-douze heures après que les restrictions de visite n'entrent en vigueur, il fut admis dans la chambre voisine, la 311, un petit homme maigre et chauve.

Durant toute une après-midi, les médecins réanimateurs firent repartir son cœur qui n'en pouvait plus, branchèrent des dizaines de prises, soulevèrent sa poitrine, trouèrent veines et artères, puis l'endormirent dans un sommeil machinal bien identique à celui de mon père. Comme à la 310, un seul visiteur fut admis, c'était un homme d'une trentaine d'années, un jeune homme très discret. Il passa la première journée entière à prier aux côtés du vieux malade et, tous les jours qui suivirent, lisait de 13 h à 19 h une petite Bible toute froissée. Par la fenêtre qui séparait nos deux chambres, j'aimais passer du temps à les regarder, le vieil homme pour son allure de petit apôtre endormi et le jeune gars pour son calme apparent.

Notre voisinage dura exactement soixante-quinze jours, le temps pour nous de faire plus ample connaissance. Entre accompagnants, d'un couloir à l'autre, devant le distributeur à café, assis dans la cage d'escalier ou sur un banc de salle d'attente, arrivait toujours le moment des présentations, « vous êtes celui de la 311 ? », « oui, et vous celui de la 310 ? » Personne ne s'embarrassait de questions dont on n'écouterait pas les réponses, « vous allez bien ? », « pas trop compliqué pour se garer ? », l'hôpital avait cet avantage sur le reste et chaque mot prononcé venait exactement avec le poids de ce qu'il annonçait. « Il va mourir ? », « oui, c'est ce qu'on m'a dit ». Celui qui n'écoutait pas cela n'écouterait jamais rien d'autre.

J'écoutais ce que le jeune me disait. Lui était le neveu et l'autre l'oncle. Lui était professeur d'école et l'autre prêtre. Le jeune n'avait pas peur de la mort, le vieux non plus. La prière les unissait, Dieu, la Vierge Marie et le Saint Esprit veilleraient sur le vieux curé au moins aussi bien que le chef de service, madame la psychologue, les seringues d'adrénaline et celles de morphine. Ils s'appelaient Saul et « mon oncle », ils n'avaient pas peur. Malgré les décrets anti-virus limitant les visites à une seule personne par chambre, Saul se pointait tous les jours dans la 311 avec Dieu, la Vierge et toute une flopée de copains en toge sans se soucier de quoi que ce soit. Pas dégonflé, peur de rien et certainement pas de la mort qui, dans l'aile A du secteur des réanimations, était simplement une question de temps. Combien de temps ?

Soixante-quinze jours plus tard donc, toutes les prières dites à la 311 parvinrent à sauver le neveu, mais ne purent rien pour l'oncle qui entretenait pourtant des relations professionnelles avec le Tout-Puissant. Entre collègues, quand même, on aurait pu penser que...mais non. Pas de préférence, pas de favori et visiblement sans rancune car, si la 311 ne cessa de le prier, nous autres, à la 310, ne savions même pas dans quel sens tourner un signe de croix. Et malgré tout, malgré une vie de bon sacerdoce et une autre de mauvaise picole, mon père vécut exactement quatre-vingt-treize jours de plus que le curé. Quand on y pense, ce n'était pas rien, c'était même louche, cette générosité sans condition. Mais quand on ne croit à rien, tout vaut mieux que rien. Mon père accepta donc son sursis sans broncher, un nouveau voisin entra à la 311 et chaque jour qui passa prit une allure étrange de rallonge imposée, une sorte de purgatoire à peine masqué.

Dieu et le virus avaient, semble-t-il, décidé de nous clouer côte à côte, pour des raisons encore inconnues, jusqu'à ce que l'un de nous finisse par se rendre, par craquer. Et que se passerait-il alors ?

Vieux gosse

Pour rejoindre le secteur A des réanimations, il fallait emprunter les ascenseurs du CHU dont l'immense bouche en métal attendait d'avaler les visiteurs, tout au fond du couloir principal. Un seul passager par cabine était autorisé à monter et seul le vigile de la compagnie était habilité à appuyer sur les boutons de la console de commande. Vous donniez votre étage, il vous invitait à monter dans la cabine, appuyait sur le numéro correspondant, vous souhaitait bon voyage et l'ascenseur se mettait en marche dans un bruit sourd de câbles en tension.

Plusieurs fois, alors que j'attendais mon tour dans la file d'attente, j'essayai de déchiffrer le nom de la compagnie dont l'écusson cousu sur le costume du vigile avait attiré mon attention. C'était une sorte de chapelet cranté encerclant un petit personnage sans âge et sans visage au-dessus duquel je finis par lire : *Paternoster Sarl.*

Le fondateur de la Sarl était visiblement un homme d'esprit et avait choisi de nommer sa société comme ces anciennes cabines au mouvement continu, ces monte-personnes qui ressemblaient à des monte-charges. Un nom qui prenait, au rez-de-chaussée du CHU, toute sa dimension. Nous tous, donc, attendions ici en file indienne, bien à l'aplomb des petites croix jaunes signalisées au sol tous les deux mètres, comme un chapelet mécanique d'hommes et de femmes à transporter, autant de petites graines de peur qui avançaient vers des étages où, tôt ou tard, on nous annoncerait qu'il ne resterait plus qu'à descendre et continuer ailleurs notre petit manège.

Chaque après-midi, l'ascenseur Paternoster ouvrait ainsi ma routine de visite et chaque semaine égrainait, les uns après les autres, ses jours semblables et monotones, dans un mouvement permanent qui effaçait les moindres repères. Du lundi au lundi, en boucle, je montais vers son étage à 13 h et en redescendais après 19 h, comme si tout ne tournait plus qu'autour de cela, son corps immobile, son silence et notre dialogue de sourds, jusqu'au jour d'après et la cabine suivante. Et recommencer encore et encore, pour être à la même heure au pied de la même cabine et me sentir, comme elle, pris dans mon engrenage mécanique et ma ronde automatique. Je devins pendant six mois le passager journalier de ce Paternoster, une machine qui mettait les fils en orbite autour de leurs pères, jusqu'à ce que l'apesanteur n'ait plus prise sur rien et que les souvenirs, comme des voyageurs aléatoires, rejoignent vos étages, puis les quittent pour quelques tours de plus, ou à jamais peut-être. Étrange mission, pour une Sarl.

Après-midi n° 33

Je devais dormir, ou regarder le sol, ou le visage de mon père, ou l'horloge, je ne sais plus, quand mon téléphone se mit soudain à sonner : *Colette, Appel.*

Nous étions en pleine hystérie de C-virus, toute la famille savait que les chances de mon père étaient quasi nulles, eux aussi étaient confinés, enfermés, et tous s'énervaient de savoir si le deuil avait déjà commencé ou s'il fallait encore y croire pour de vrai. Nous en étions là quand Colette, ma grand-mère, appela pour la première fois depuis l'hospitalisation de son fils, mon père. Le téléphone sonna et nous restâmes tous les deux figés, comme si nous venions de faire une grosse connerie. Colette, mère pied-noir de quatre-vingt-seize ans, confinée seule à 10 000 km de son fils, le petit dernier, il fallait s'attendre à tout, y compris au pire qui, bien entendu, ne tarda pas à arriver.

— Mon chéri ? C'est toi ? Mon chéri ? Tu es là ?

— Oui, c'est moi.

— Il est mort ! éclata-t-elle en sanglots.

Colette commença donc par tuer son fils. Elle pleurait sans pouvoir s'arrêter et, par le micro du téléphone, entrait pour la première fois la mort du père dans mes oreilles de fils. C'est incroyable, mais je crus ma grand-mère, j'étais à cinquante centimètres du lit de mon père, les yeux rivés sur lui, sur ses machines, ses capteurs et sa multiprise, mais c'est elle que je crus, sans même me poser de question. « Il est mort », mon père venait de mourir, c'était sa propre mère qui le disait.

Elle pleurait, et moi qui jusqu'ici traversais toutes ces journées comme un étranger, moi qui ne ressentais rien d'autre que de la peine pour un vieil homme mourant, moi aussi, je me mis à pleurer sans plus rien contrôler, comme si tout à coup le fils de mon père venait d'entrer dans la chambre, un fils de huit ans assis devant son papa qui mourait.

— Mon chéri, tu es là ? Allo ? Allo ?

— Oui…

— Mon chéri, dis-moi qu'il n'est pas mort…

— J'en sais rien.

— Il est là ?

— Oui, juste à côté.

— Passe-le-moi.

— Il est dans le coma tu sais, il ne peut pas…

— Passe-le-moi !

— Mais il n'entend rien…

— Gaspard, passe-le-moi !

J'installai précautionneusement le téléphone à l'oreille de mon père, en équilibre sur son épaule, et m'écartai aussi loin que possible pour ne rien entendre. En vain.

« JEAN-LOUP ! JEAN-LOUP ! JEAN-LOUP ! JEAN-LOUP ! JEAN-LOUP ! C'EST MOI ! C'EST MAMAN ! »

La voix de Colette vint rebondir sur les quatre parois de la pièce, comme une aveugle qui tâtonnait le vide en se cognant de plein fouet. Cinq fois elle hurla son prénom et cinq fois je regardai mon père, son corps cloué et transpercé, son silence cousu aux lèvres et son absence évidente. Cinq fois de plus, ce jour-là, mon père mourut avec au loin, très loin, la voix de sa mère qui me revenait en écho.

Ma grand-mère s'égosilla si fort que le téléphone glissa sur le corps inerte de mon père, c'était sa manière à lui de raccrocher et c'était à moi de continuer, à moi de consoler, de dire « ça va aller ». Dans son grand spectacle tourbillonnant, la mort qui planait dans la 310 comme un vautour affamé se moquait des âges et des rôles familiaux, de qui console qui, de qui dit quoi, de qui protège qui. Elle se régalait d'une partie de chaises musicales et riait de nous voir soudainement courir comme des rats, pressés par la douleur, la peur et l'épuisement, avec la voix de ma grand-mère en fond sonore et trois endroits pour venir s'asseoir aléatoirement : le lit de mon père, le tabouret de la 310 et une vie à laquelle déjà il n'appartenait plus.

« Il est mort », répéta-t-elle, pour que son deuil à elle commence déjà, pour qu'elle soit épargnée de cette attente sinistre dont nous tous connaissions l'issue. Mieux valait tuer soi-même, étouffer, abréger et couper court, comme le faisait Colette, merveilleuse mère et assassine intransigeante, « il est mort », un point c'est tout, « il est mort », pour ne jamais avoir de mauvaises surprises ni de faux espoirs.

« Mon chéri tu es là ? » « Mon chéri parle-moi. » « Mon chéri tu le vois ? » « Mon chéri, il a bougé quand je lui parlais ? » « Mon chéri, tu ne sais pas ce que c'est… » Autant de « mon chéri » que de blessures ouvertes à soigner, des « tu ne sais pas ce que c'est », des « parle-moi », des moi et des moi. Mon fils, mon malheur, ma tristesse, et toute cette petite comptabilité funeste : savoir à qui reviendrait le plus gros lot de tristesse. Au fils ? À la mère ? Aux amis ? Combien de kilos de tristesse ? Qui était le plus à consoler ? Colette ne se posa pas la question une seule seconde, cette mort serait la sienne, par milliers de tonnes, et personne d'autre qu'elle ne déciderait de quand elle aurait lieu. C'était à elle que tout reviendrait, qu'on lui rende son fils sur-le-champ, qu'il meure !

Nous restâmes quelques instants de plus à mâchouiller de gros sanglots, puis elle raccrocha et nous laissa, mon père et moi, dans le même état d'abattement, encore figés par le son de sa voix et tout ce que, sans le savoir, elle ramenait du passé.

Les hurlements de ma grand-mère ne parvinrent en effet pas à réveiller mon père ce jour-là, mais ils réveillèrent bien d'autres choses les après-midis suivantes, comme si, ne pouvant rien sur ce qui viendrait, sa voix ramenait de force tout ce qui avait été, pour faire barrage à la mort et bloquer sa dégringolade avec de gros morceaux de mémoire. Elle appelait son fils et c'était mon père jeune qui apparaissait, des bouts d'enfance avec lui, son visage d'alors, mes sensations d'enfant. C'était tout cela que ma grand-mère appelait, en criant « Jean-Loup », comme pour dire que c'était bien vrai, que c'était bien lui, que l'homme qui était là devant moi avait été mon père et, aussi étonnant que cela puisse paraître, que j'avais été son fils, dans une autre vie, à des milliers de kilomètres de là et des millions d'années de cela.

J'avais été enfant moi aussi, comme tous les autres, et c'était la première fois que j'y repensais, à ce petit-là. Comment avais-je pu l'oublier ? Avait-il quelque chose à me dire, ce gosse-là, quelque chose de plus important que mon amnésie d'adulte ? Et mon père d'alors, qu'en disait-il de tout cela, de nous deux dans la 310, de lui trente ans auparavant, de moi maintenant, de son fils Léo, qu'avait-il à dire de cela, mon père, quand il était encore enfant et que ma grand-mère lui tricotait ses gilets ?

Toutes ces années mises bout à bout dans le même corps étaient là devant moi, allongées en secret, l'enfant, l'adolescent, le jeune adulte, le quarantenaire et le vieil homme, un résultat encore incompréhensible. Ma grand-mère les avait tous nommés, un par un, cinq fois elle avait répété son prénom, cinq Jean-Loup bien identifiés. Lequel répondrait, lequel existait encore ? Plus de trente ans séparaient le patient de la 310 et mon père d'autrefois, l'un ne reconnaîtrait certainement pas l'autre, ils ne partageaient rien, ne se parlaient pas et restaient silencieux, comme deux mondes intouchables, deux existences aussi insaisissables que des paquets de nuages. Le jeune vivait dans des souvenirs capricieux et le vieux branché à des machines dont on ne maîtrisait rien. Deux hommes en partance qui essayaient, chacun comme il le pouvait, de sauver leur peau, en se servant de tout ce qui était à portée de main : les machines, les drogues, les fils, les rêves, les odeurs et les voix de grand-mère. Et ils se battaient comme des diables contre l'oubli, c'était un exploit contre nature, presque une anomalie. Le vieil homme essorait les machines jusqu'au bout et le jeune père faisait son grand retour dans mon esprit de vieux gosse. Minute après minute et jour après jour, les souvenirs revenaient d'eux-mêmes, comme si le vieux me retenait prisonnier dans la 310 pour que le jeune puisse s'en sortir. Comme s'il voulait s'assurer au moins de cela, sauver la peau du jeune père, le garder vivant dans ma mémoire de fils. Ils se servaient de moi, et moi qui restais là sans pouvoir bouger, moi aussi peut-être en étais-je là, au même point qu'eux deux, à tenter de sauver ma peau de gosse, à rester des heures entières dans la 310 pour remettre la main sur le môme que j'avais été. À ne pas laisser mourir mon père trop vite pour ne pas qu'il emporte tout avec lui.

Voilà, Gaspard et Gaspard, Jean-Loup et Jean-Loup, nous étions quatre à tenter de faire ce que nous pouvions, à chercher des indices et fouiller partout, dans l’attente de la moindre piste qui permette de nous reconnaître.

Après-midi n° 67

Madame la psychologue est juste devant la chambre, elle s'apprête à entrer dans la 310, ouvre la porte, fait un bruit bizarre avec sa langue, hésite un peu, puis s'arrête finalement sur le palier pour saluer un collègue qui passe dans le couloir. Leur conversation ne m'intéresse absolument pas, mais puisque la porte est déjà ouverte, il ne me reste plus qu'à l'écouter. Les enfants, le boulot, l'épidémie, les vacances, la direction qui ne fait pas bien son travail, les vélos électriques qui sont vraiment pratiques, le dernier épisode d'une série. Ils finissent par se souhaiter bon courage, puis elle entre dans la chambre et, derrière son masque, doit tenter de faire quelque chose qui ressemble à un sourire.

« Dites-moi, mais il a bonne mine votre père aujourd'hui, ah oui, vraiment ! » Je regarde mon père pour la millième fois de la journée et tente de comprendre ce qu'elle entend par là. C'est vrai, il est peut-être un peu moins blanc que d'habitude, ou moins rouge, ou vert, ou jaune, ou bleu. Elle continue de parler, sa conversation ne nous intéresse pas du tout, mais puisqu'elle est là, à deux mètres de nous, il ne reste plus qu'à l'écouter. Je dis « nous » dans l'espoir que mon père entende quand même quelque chose, même si c'est un tissu de conneries. Un « nous » comme cela, pas vraiment certain, juste pour se donner un peu de courage. Les enfants, le boulot, l'épidémie, les vacances, la direction qui ne fait pas bien son travail, les vélos électriques qui sont vraiment pratiques, le dernier épisode d'une série.

Puis la visite touche à sa fin, elle remplit une feuille de son dossier, nous souhaite une bonne continuation et sort en laissant la porte grande ouverte sur le couloir, de sorte que nous puissions regarder le grand poster placardé sur le mur d'en face : un énorme moustique barré par un panneau du Code de la route, sous-titré *SOS DENGUE*.

Après-midi n°89

Une nouvelle bactérie vient de s'installer dans ses poumons remplis de fumée. Elle porte un nom d'étrangère, *Acinetobacter Baumanii*, un nom mystérieux de film d'espionnage. On l'imagine volontiers séduisante, intelligente et mortelle, comme une panthère noire dans un grand palais. Les médecins ne parlent plus que d'elle, ils répètent qu'elle ne partira pas, qu'elle prendra tout, qu'elle sait parfaitement ce qu'elle fait, qu'elle s'adapte, qu'elle résiste, qu'elle est d'une intelligence rare.

Miss Baumanii les fascine, ils en ont peur, mais ils la respectent, ils disent vouloir l'anéantir, mais restent admiratifs de sa complexité fabuleuse. Ils ne sont pas clairs à son sujet et en parlent comme d'une femme insaisissable, comme des amoureux impuissants, des amants jaloux. Je finis par croire qu'ils l'aiment et que cet amour-là les frustre terriblement, qu'ils en deviennent violents et tentent le tout pour le tout pour liquider cette chose bandante qu'ils ne peuvent pas posséder exactement comme ils le voudraient. Flacons d'antibiotiques à la renverse et rampes de seringues supplémentaires, ce coup-ci tout semble permis, à très haute dose, y compris de tuer mon père rien que pour le plaisir de dire « ce n'est pas elle qui l'a eu, c'est nous ». Rien que pour l'emmerder un peu et régler leur compte entre eux. Mon père, lui, n'aura qu'à payer les pots cassés, cela devient presque annexe.

Aujourd'hui, le langage est aéronautique et les phrases ridicules : « on navigue aux instruments », « on est à mach II d'antibio », « s'il fait un pic infectieux, c'est le crash en plein vol ». Cela a le mérite de mettre en scène mon père autrement que dans son lit d'hôpital, lui et sa garce de Miss B à bord d'un biplace à hélice, écharpes au vent, une grande évasion qui a tout de même plus de panache qu'une chambre de réanimation. Nous autres, moins glorieux, restons minablement à terre, à faire nos petits calculs et estimer plus ou moins l'endroit où viendra s'écraser la carlingue. Nous en sommes là, à attendre le looping de trop.

Miss Baumanii est sur toutes les lèvres, dans tous les esprits, dans chaque recoin. Ils n'évoquent plus jamais mon père sans parler aussi d'elle, comme si les deux ne faisaient plus qu'un. Ce n'est plus « lui » ou « votre père », mais eux deux, « lui et elle », leur relation viscérale. Encore une de ces histoires d'amour foudroyantes dont mon père avait le secret. Je les observerais donc désormais tous les deux, lui et sa nouvelle conquête, comme quand il partit de la maison refaire sa vie avec des plus jeunes que ma mère, pour se sentir revivre et abandonner son destin aux mains de femmes dont toujours, à la fin, il finissait par se lasser. Miss B ne m'impressionnait d'ailleurs pas plus que les autres et, déjà, je savais que mon père finirait par s'en débarrasser, à sa manière de vieux roublard, se faisant passer pour celui qui mourait, celui qu'il fallait sauver. L'éternel malade de l'amour qui, tant de fois, m'avait répété que les femmes s'acharnaient à le briser, comme un virus que lui seul aurait contracté, une saleté méthodiquement inventée.

Afin d'éviter que Miss Baumanii ne s'amourache d'âmes plus charitables, les médecins imposèrent, les semaines suivantes, un isolement strict de la 310, la chambre aux amours impossibles. Cela nous valut une équipe exclusive de soignants, des blouses spéciales, un protocole exceptionnel, des litres de gel alcoolique supplémentaires, un périmètre de sécurité, un sas de décontamination, des masques d'astronautes et toute une ribambelle de contraintes additionnelles.

Mais qu'importe, cela nous valut aussi une infirmière dédiée, Mathilde, comme si pour rétablir la vérité sur la merveille des femmes, une divinité envoyait dans la chambre du père une nymphe pour que le fils apprenne à s'en émerveiller. Une femme pour soigner le vieux misogyne, une femme contre une bactérie, une femme pour guérir en douceur.

Mathilde entrait dans la chambre et soignait mon père d'une manière qui me soignait moi aussi, elle nous soignait de lui, de sa maladie, de tout le reste. Mathilde avait une voix calme et des yeux verts insensés, un vert éclatant qui n'existait pas dans la nature, le vert synthétique des boîtes à seringues. Elle disait « bonjour monsieur B, je vais vous tourner vers la droite » et elle enlaçait les épaules de mon père en penchant sur lui son visage de jeune fille, comme une Madone. La Pietà, juste devant moi. Mathilde l'infirmière, aussi douce que la Vierge de Michel-Ange, avec le drap blanc du CHU en guise de linceul et, à la place du Christ descendu de sa croix, mon père, évidemment. Quel veinard ce vieux con. Elle lui tournait les épaules et continuait de lui parler, « monsieur B, je vais vous tourner la tête maintenant », et ainsi de suite. Jamais je n'avais vu autant de délicatesse, parler de cette manière à mon père inerte et inconscient, l'avertir des moindres choses, lui dire ce qu'il ne pouvait entendre, l'effleurer si légèrement.

La toute première fois, je ne l'entendis pas entrer, j'étais penché au-dessus de mon père et, sans aucun bruit, elle se glissa dans mon dos comme un courant d'air. Elle s'excusa, « je m'appelle Mathilde, je suis son infirmière attitrée, ne faites pas attention à moi », d'une voix douce et murmurée, avec son regard planté au fond du mien et son vert chimique en injection instantanée. Elle entreprit alors d'ajuster les dosages de drogues, de régler les machines et de manipuler le corps de mon père dont le visage, posé sur le côté, esquissa un sourire que je n'avais plus vu depuis des années. La douceur de

Mathilde venait de le faire réapparaître et ce fut dans ses bras à elle que je reconnus, devant moi, le sourire de mon père, du temps où il s'appelait encore papa, il y avait des décennies de cela.

Mathilde continua son soin et le visage détendu de mon père maintenait ce souvenir de sourire reconnaissable entre mille autres.

Pour la première fois, mes lèvres claquèrent d'elles-mêmes deux coups secs et identiques, papa, comme une personne qui frapperait à la porte, à l'improviste. Papa, exactement comme autrefois, quand il s'appelait ainsi et qu'il se mettait soudain à rire si fort que mes rêves de gosse devenaient, d'un seul coup, tous accessibles. C'était ainsi, quand mon père s'appelait papa, son rire faisait de nous les rois du monde, pour le temps que durait sa joie. Il devait avoir dans les trente-cinq ans et moi dans les cinq, la quarantaine à nous deux, le bel âge.

À l'époque, tous les gars de l'école décrivaient leurs pères comme autant de grands costauds, champions de ceci, maîtres de cela. Une surenchère de gros mensonges qui n'étaient jamais remis en cause, comme pour gagner soi-même le droit de mentir sur son propre père, dès que notre tour viendrait de raconter, « et toi, ton père ? » C'était un accord de cour de récré, mentir pour garder la face et sauver son honneur de petit gars.

À moi aussi ils me demandèrent ce que mon père avait de particulier, ils me tendirent des perches pour que je mente et toutes leurs attitudes disaient cela, « vas-y, invente-nous un bon gros bobard », « profites-en, c'est le moment ». Ils attendaient la description d'un énième papa en forme de titan et je répondais que le mien, quand il voulait, quand il pouvait, se mettait à rire comme personne d'autre. Tous trouvaient ça nul et on passait tout de suite à un autre copain en espérant que lui, au moins, ait plus d'imagination et nous décrive son père, torse nu, tordant des barres de fer avec les dents. Jamais je ne réussis à mentir sur les pouvoirs de mon père et jamais non plus l'envie ne me prit de lui en inventer d'autres. Son rire venait déjà trop fort, trop puissant, trop enivrant, quand il venait, s'il venait, les jours, les mois et les années où il venait. Un super-héros pour de vrai, sans fioriture ni exagération, mais sans aucune garantie d'apparition, rare et éphémère, comme un risque permanent, celui de la dernière fois, du dernier rire.

À cause de cela, de ce doute, ma mère avait suspendu au salon des portraits en couleur de mon père éclatant de rire, papa et sa joie tout irradiante, tirée aussi grande que possible et encadrée sous-verre pour ne pas qu'elle s'échappe. Son rire, cette chose si accidentelle que l'on avait réussi à capturer sur un bout de papier comme un papillon cloué sur un bout de carton, était exposé là en permanence, au-dessus de notre canapé et de tous ceux qui venaient s'y asseoir. Il suffisait d'entrer dans la salle à manger et de contempler à volonté sa force salvatrice, se rassurer en pensant « papa est heureux », « il a déjà souri comme cela, ça reviendra », « il est passé par ici, il repassera par là ».

Car quand mon père s'appelait encore papa, hormis les couleurs vives des portraits affichés au salon, c'était un homme gris, noir et sombre qui tondait la pelouse, un homme gris, noir et sombre qui regardait la télévision, du gris, du noir et du sombre qui dînait avec nous chaque soir et se levait chaque matin. J'étais alors entièrement occupé à guetter sur son visage l'apparition du prochain rire, celui qui d'un seul coup nous libérerait, qui soulagerait ma mère, qui nous rendrait heureux. Je ne guettais que cela, rien que cela. Nous montions dans la voiture et je regardais son visage ; nous mettions la table et je regardais son visage ; nous marchions dans la rue et je regardais son visage.

Un nombre incalculable de fois, alors occupé à déceler sur son visage les prémices d'un rire qui ne venait jamais, je tombai de tout mon long sur les trottoirs, dans les graviers, les pieds emmêlés dans mes lacets et les genoux tout écorchés. Du sang, des cailloux et des doubles nœuds, ma mère me relevait et mon père passait sa main dans mes cheveux, près des oreilles, à l'endroit où la peau est aussi fine que du papier japonais, paume contre tempe et pouls contre pouls, sans qu'il n'y ait pourtant jamais le moindre rire à calquer dans mes pensées. Alors, nous continuions d'avancer et de nouveau, tordant le cou vers son visage toujours fermé, je retombais, buttant sur le moindre obstacle qui se présentait.

Mes chutes régulières commencèrent à inquiéter, on envisagea de nombreuses possibilités et, jusqu'à ce qu'une solution soit trouvée, on m'équipa de grosses genouillères noires, un attirail grotesque que j'enlevais à peine franchie la porte de notre salon, le seul endroit du monde où j'aurais pu courir les yeux fermés sans jamais m'écrouler. On m'emmena ensuite voir des podologues, des orthophonistes, des pédiatres, des psychomotriciens, des ophtalmologues et des psychiatres. Ils n'étaient pas méchants, tous ces docteurs qui m'accueillaient en souriant, comme si leurs sourires à eux auraient eu la moindre chance de compenser le seul qui me manquait et qui, là-bas, dans notre salon, pendant que nous perdions ici du temps à ausculter, vérifier et analyser, prenait la poussière, se salissait et, très certainement, était en train de s'effacer.

Que pouvaient-ils comprendre à cela? Rien, absolument rien. Alors, dans le doute, ils me fabriquèrent de grosses semelles en gomme, m'enfoncèrent des outils agricoles dans les oreilles, me demandèrent de marcher à reculons, projetèrent des éléphants de toutes tailles en me priant de décrire ce que je voyais (c'était une famille d'éléphants, rien de plus) et firent défiler des séries entières d'alphabets qui rétrécissaient d'une ligne sur l'autre, preuve évidente qu'ils avaient de moins en moins de choses à dire. Les psychiatres insistèrent pour me montrer leurs dernières peintures en forme de papillons baveux (pas doués les types), me firent ranger des cubes, classer des triangles, trier des images.

Mais je continuais toujours de tomber, rien ne fonctionnait et, comme toujours, le temps aidant, tout le monde finit par s'y habituer. Même les gars les plus terribles de l'école ne se moquaient plus. Ils ne disaient plus rien et, du jour au lendemain, chose inespérée, ils se mirent eux aussi à porter le même genre de genouillères. Le skate venait de faire son apparition dans les cours de récréation et cette nouvelle mode effaça d'un claquement de doigt ma différence de gosse qui trébuchait. Avec ma planche à roulettes sous le bras, j'étais désormais dissimulé dans un méli-mélo grouillant de gamins en genouillères qui, comme moi, tombaient comme des mouches à longueur de journée. Était-ce une excuse pour dissimuler le fait que leurs pères, eux aussi, s'étaient tous arrêtés de rire ? Allez savoir, avec ces nouvelles modes.

C'était de cette manière que je me souvenais de lui, quand il s'appelait encore papa, l'attente permanente de le voir aussi heureux que l'homme encadré dans notre salon. C'était l'image que je gardais de ce mot, papa, une image d'image que Mathilde, comme une apparition, venait de provoquer. Sainte Mathilde.

Après-midi n° 102

Le vigile Paternoster Sarl était un homme gros, gras, à la peau translucide et aux pieds immenses. Sa visière en plastique faisait partie intégrante de son visage en gélatine, forme oblique et flasque étranglée par une cravate mauve qui lui donnait des allures de mortadelle en promotion, comme une offre de Noël pour tête de gondole.

C'était un homme très protocolaire, « respectez les distances », « veuillez avancer », « vous pouvez monter », il sentait le gel hydroalcoolique et le linoléum d'hôpital, deux parfums qui rappelaient toujours celui de la mort, comme si chaque matin il remontait du -3 pour prendre son service, après une nuit passée dans les frigos de la morgue. Cet homme, pour une raison inconnue, me donnait toujours une faim soudaine, une faim de lendemain de cuite. Une faim un peu coupable. Était-ce son teint de charcuterie italienne ? Était-ce son odeur de réfrigérateur ?

J'avais de plus en plus envie d'un sandwich au vigile et cela commençait à m'inquiéter. Il me faudrait certainement en parler à madame la psychologue, lorsqu'elle poserait ses questions sur la pluie et le beau temps, lui dire « j'ai envie de bouffer le vigile avec de la salade ». Et voir ce qu'elle en penserait.

Après-midi n°117

Il y avait une chose qui me plaisait infiniment lorsque Saul, mon ancien voisin de la 311, parlait de son oncle le curé. Quelque chose à laquelle je repensais. Il l'appelait « mon oncle » ou « mon père » et cette possibilité de passer de l'oncle au père me semblait merveilleuse. Avec ce père qui n'était que son oncle et cet oncle qu'il aimait comme un père, il y avait une liberté qui, dans la chambre d'à côté, nous avait terriblement manqué. S'aimer sans trop de gêne paraissait pour eux tout à fait possible, loin des ratés dans lesquels nous autres, les pères et les fils pour de vrai, venions si souvent nous embourber. C'était une paternité choisie et, quand les choses tournaient mal, quand on n'en voulait plus, il restait toujours la possibilité de dire « ce n'est que mon oncle ».

Pour moi aussi, pensais-je, il aurait été bien pratique que mon père soit mon oncle. Avec un oncle comme mon père, j'aurais certainement su apprécier ce qu'il était, ce qu'il faisait, sans cette gêne collante du fiston et cette envie récurrente d'être ailleurs, loin de lui. Avec un oncle comme mon père, j'aurais certainement compris pourquoi tous ses amis le trouvaient extraordinaire, tous ceux-là qui ne vivaient pas avec lui et qui répétaient inlassablement « quel phénomène ! », « quel personnage ! », « quel personnage phénoménal ! » J'aurais pu moi aussi le trouver phénoménal, cet oncle comme mon père. Un oncle pour faire du vélo, un oncle pour coller des crêpes au plafond, faire des concours d'apnée, des courses à pied, un oncle comme mon père pour les vacances de sports d'hiver, dans les cabines de téléphérique et les restaurants à fondue.

Un oncle qui pourrait bien faire ce qu'il voudrait puisqu'il ne serait pas mon père, pas plus que moi son fils de 11 ans. Je m'en souvenais parfaitement de ce désir d'oncle et de ces vacances de février, cette fameuse virée à deux dont mon père s'était tant vanté. Le mythe de l'expédition entre père et fils.

Nous avions skié toute la journée et, après une longue sieste sur le canapé, mon père soudain pris d'un bel entrain lança : « Ce soir, on se paye une fondue dans un super restau, rien que nous deux ! » Et cette phrase me parut merveilleuse, parce qu'il la dit avec tellement d'envie que tous les petits ennuis venaient soudain d'être balayés, les mauvaises notes en anglais, le divorce des parents, la tristesse de ma mère, comme si tout redevenait possible, comme si notre bonheur était encore accessible. Une phrase comme celle-ci, dans une location sordide de sports d'hiver, c'était la certitude que l'on finirait par y arriver. Arriver à quoi ? C'était encore trop tôt pour le savoir, mais l'intuition était bonne. Alors nous nous étions préparés, la douche, les belles chemises, et dans l'excitation je me mis à poser des tas de questions à mon père, sur n'importe quel sujet, juste pour lui parler et rallonger autant que possible l'état de grâce dans lequel il venait de nous plonger. Mon père jouait le jeu, il répondait, faisait le clown et nous riions sans pouvoir nous arrêter.

Course en pleine station, batailles de boules de neige et glissades incontrôlées, la petite parenthèse de paradis continuait et nous entrions déjà dans le restaurant qui sentait fort le reblochon et l'alcool brûlé. C'était Noël, en mieux. Arriva la cérémonie du chaudron rempli de fromage, le fou rire du premier bout de pain perdu et la première bouteille de blanc que mon père but aussi vite que mon Coca-Cola. Et je continuais de poser toutes sortes de questions, et mon père, lui, plongeait de plus en plus de choses dans la marmite, en écourtant ses réponses, en regardant autour, en s'ennuyant de plus en plus, c'était évident. Quelque chose avait changé, il était ailleurs et je reconnaissais tout à coup, sur son visage, mon autre père, celui des jours tristes et absents. La magie de notre petite virée venait de basculer pour une raison inconnue et je finis moi aussi par me taire, en regardant brûler ma crêpe flambée, alors que mon père venait de se lever pour payer l'addition. Que s'était-il passé ? Avais-je dit quelque chose qui l'avait contrarié ? Pourquoi sa tristesse revenait-elle en plein milieu du dîner ?

Il resta un long moment à la réception, je terminai ma crêpe et attendis sur la banquette en regardant, tout autour, les touristes qui se régalaient. Puis on entendit des éclats de rire qui venaient de la réception, puis des verres qui s'entrechoquaient, puis des chansons qu'ils se mirent à hurler, et le restaurant tout entier accompagna soudain ces refrains, comme si le spectacle qu'ils attendaient venait de commencer. Tout le monde se mit à chanter à tue-tête, sauf moi qui cherchais mon père entre tous les skieurs qui s'étaient maintenant levés. Et je me doutais bien que lui, le phénomène, y était pour quelque chose dans cette agitation soudaine, et c'était bien lui qui, je ne sais comment, arriva dans la salle principale aux bras de deux immenses blondes, et lui toujours qu'ils applaudirent quand il se mit à danser sur les tables en guidant les chants que tous les autres reprenaient en chœur. Lui qui ne semblait alors plus du tout s'ennuyer. Lui, le phénomène, qui finit par rejoindre notre table pour que je l'accompagne dans sa ronde, et moi, le rabat-joie, qui lui demandais de rentrer à la maison. Moi qui avais peur, envie de pleurer et qui, à cet instant précis, aurais tout donné pour disparaître sous le tapis, en haut d'une montagne, au fond de mon lit. Mais c'était comme si son public le réclamait et il repartit prendre son bain de foule, alors qu'une de ces deux créatures blondes venait de me rejoindre sur la banquette, pour me poser des questions stupides et faire mine de s'intéresser à mes histoires de petit garçon. Je n'étais pas dupe, bien entendu, et si la blonde s'efforçait d'être gentille avec moi, c'était certainement qu'elle aspirait encore plus de l'être avec mon père. Ces choses-là s'apprennent très jeune, on le sent venir sans même le savoir. Et cela n'avait pas manqué, c'était bien elle que je retrouvai le lendemain matin, en culotte dans le studio de location, à préparer de grands bols de chocolat chaud, comme si de rien n'était. « Tu veux un bol mon chéri ? », et mon père, un peu gêné, se grattait les couilles dans son caleçon en répondant à ma place, « non, Gaspard n'aime pas le chocolat, je te prépare un jus d'orange minou ? » Mon père qui m'appelait « minou » devant sa cruche en culotte, mon père à qui je ne parlai plus de toutes les vacances et qui, lui aussi, dut finir par regretter cette fameuse virée entre père et fils.

Mon père qui, s'il avait été mon oncle, serait certainement devenu mon idole inconditionnelle, lors de ces mêmes vacances et de toutes celles qui suivraient. Mais je n'avais pas eu moi, comme Saul, cette possibilité-là et c'était bien dommage, pensais-je, pour lui, pour moi, pour nous deux. Oui, le concernant, un oncle eût été plus simple, pour ne pas être bêtement son fils qui attendait de lui un père comme les autres, un anti-phénomène, une banalité. Une chose impossible.

Après-midi n° 133

Deux personnes attendaient devant moi. En première position se tenait une femme menue et élégante, elle portait un foulard en soie noué derrière la nuque. « Quel étage ? », « Second s'il vous plait ». Toute la file d'attente regarda le plan du CHU placardé sur le mur de gauche, par curiosité. Second étage : oncologie générale. Nous prîmes tous des airs désolés et restâmes bien droits, chacun positionné sur les croix jaunes marquées au sol tous les deux mètres. La dame s'engouffra dans la cabine et rejoignit ce que chacun de nous imaginions en silence, cancer du poumon, de la gorge, du sein, tous les deux mètres, une très mauvaise idée. Les portes se refermèrent et le compteur digital de l'ascenseur se mit à compter : 0, puis 1, puis 2, elle venait d'arriver et nous avancions d'un cran.

La seconde personne était une dame d'une soixantaine d'années, cheveux poivre et sel, coupe au carré, épaules larges, fesses larges et mollets larges, c'était tout ce que je pouvais en dire. « Au -3, jeune homme. » Le -3, tout le monde connaissait, pas la peine de regarder le plan. Toute la file d'attente maintint son regard droit devant, comme si personne n'avait entendu. Le -3 : morgue et services mortuaires. Elle descendait chez les morts et venait de dire froidement « jeune homme », « au -3, jeune homme », une bombe à retardement qui lançait le compte à rebours en plein milieu du couloir, comme pour résumer toutes les vies de celles et ceux qui écoutaient dans la file d'attente, terrorisés par l'inévitable union d'un « -3 » et d'un « jeune homme ».

La dame descendit chez les morts, l'ascenseur remonta et mon tour arriva. « Je vais au

3e, voir mon père. » Derrière moi, je sentis tous les regards venir chercher sur le mur de gauche l'histoire du gars qui se tenait à ma place, droit comme un piquet, sur la première croix du chapelet Paternoster Sarl. Qu'est-ce qu'un type comme moi allait faire au 3e étage ? Quelle était l'histoire du père ? Celle du fils ? Était-ce un bon fils ? Était-il meilleur, égal ou pire que les fils de celles et ceux qui, derrière moi, en étaient à se demander qui viendrait les voir s'ils se retrouvaient hospitalisés ? 0, puis 1, puis 2, puis 3.

Après-midi n°146

À force de rester là, assis comme dans une salle de cinéma, des images passent, des bouts de films apparaissent, on nous protège de ces choses, allez savoir qui ? Et les souvenirs qui venaient, d'abord sombres, font maintenant place à de petites parenthèses de bonheur, des trésors enfouis. Comme si le temps récompensait les spectateurs encore présents dans la salle. Le film est long, sans fin, et vous entraîne dans des vallées oubliées, des westerns où les bandits ne sont que des hommes comme les autres, des hommes que l'on aime, bien sûr, et à qui l'on ressemble terriblement. Comme si le temps montrait aussi qu'il ne servait plus à rien d'y résister, à cette ressemblance-là, à cet amour-là. Ce sont des moments fugaces, mais on ne les oublie pas. Aujourd'hui, comme cela, mon père tout jeune et moi enfant sommes apparus, nous portions les mêmes maillots, les mêmes chapeaux, et faisions les idiots sur une plage où ma mère nous poursuivait en brandissant sa crème solaire et ses sandwichs au jambon. Puis tout s'est effacé, projection terminée.

Après-midi n° 162

Le silence devenait pesant, le bruit du respirateur, lui qui ne disait rien, qui ne répondait pas, et moi qui me taisais, qui n'arrêtais pas de parler en me taisant. Je cherchais des distractions, des choses plus légères et finissais par brancher la radio, comme pour faire une blague après une discussion devenue trop sérieuse. Nous tombions sur un programme musical et quelques morceaux rock passaient sans que nous leur prêtions attention, du tout-venant qui ne servait qu'à couvrir l'immense boucan de notre mutisme permanent. C'était bien suffisant. Un morceau, deux morceaux, je chantonnais et pensais à la vie qui finirait par reprendre son cours, à tout ce que j'avais laissé là-bas et qui, étonnamment, ne m'avait jamais manqué durant tout ce temps.

Depuis quelques jours, les restrictions anti-virus s'étaient assouplies et les liaisons aériennes entre Paris et La Réunion reprenaient leur cours. Le retour devenait possible, pourtant l'idée de quitter l'île ne m'effleura jamais l'esprit. Je ne restais plus par obligation, je restais parce qu'il m'était impossible de m'en aller, que je ne pouvais pas maintenant, après tout ce temps, abandonner mon père et tout ce qui venait avec. En cinq mois, la place que j'avais occupée tous les jours sur le tabouret de la 310 était devenue le seul endroit d'où tout pourrait repartir, sans qu'il ne soit possible de savoir ce que serait ce « tout », ni ce qu'impliquerait ce « repartir ». J'étais simplement à ma place et, pour une fois au moins, nous étions en famille à faire comme les autres, à écouter de la musique, regarder dans le vague et passer comme cela un moment entre père et fils, une après-midi normale, la 162e à ses côtés, réalisai-je alors que je notais ce chiffre, 162, sur le calendrier de mon agenda. Cela me parut énorme. Avais-je déjà passé autant de temps avec lui, de toute ma vie ? Qui pouvait d'ailleurs se targuer d'avoir vécu 162 après-midi successives avec son père ? Qui, de tous les pères et fils au monde, y compris ceux comme il fallait ?

Tous ces pères et fils de magazines qui passaient leur temps à étaler de beaux souvenirs, de belles complicités et de grandes amitiés. Qu'avaient-ils à dire de cela, de ces 162 journées, tous ces ramenards qui, sans le savoir, n'arrêtaient pas de démontrer que nous étions, nous, des ratés ? De nous montrer comme eux étaient riches et comme nous étions pauvres, comme eux savaient et comme nous ignorions tout de cela. Qu'avaient-ils à dire de cela, tous ces nantis, de nos 162 journées d'affilée à nous regarder sans rien dire ?

La musique continuait de tourner et, pour la première fois, je contemplai avec fierté notre histoire à nous, notre histoire si particulière qui peut-être ne se résumerait qu'à cela : 162 jours passés dans le doute de tout, mais juste à côté. Et le *Breathe* des Pink Floyd débuta crescendo sur la petite stéréo. C'était le morceau préféré de mon père, un morceau que tant de fois je l'avais vu accompagner d'une guitare imaginaire, comme pour s'inventer un monde extraordinaire où chaque note représenterait un bout de ce qu'il était. Un morceau de folie : *Breathe, breathe in the air, Don't be afraid to care, Leave but don't leave me, Look around and choose your own ground…*

Alors, pour faire comme lui le faisait autrefois et célébrer nos 162 jours de vie commune, mes mains se baladèrent sous son matelas pneumatique jusqu'à rencontrer le cathéter artériel qui pendait là dans le vide, comme le manche brûlant d'une Stratocaster branchée en direct sur le corps du vieux rockeur. Et je me mis à jouer de cet instrument-là, à chercher les notes les plus invraisemblables et sentir passer dans mes paumes son sang chaud, le même que celui qui battait mes tempes et gonflait mon cœur au rythme du *Breathe,* de mon père et de nous deux réunis.

Ce fut notre premier duo et nous devions être si emportés que tous les compteurs de la 310 se mirent à sonner, les alarmes se déclenchèrent, il y avait non seulement de la musique, mais aussi toute une ribambelle de spots qui nous éclairaient maintenant le visage et tournaient comme des gyrophares en affichant leur message d'alerte : *surtension patient.*

Un groupe de blouses blanches accourut immédiatement dans la chambre, on aurait dit une horde de fans en extase. Ils replacèrent tous les tuyaux et les capteurs, remontèrent dans le lit le corps de mon père qui s'était rapproché de moi, éteignirent la musique, me regardèrent avec sérieux et désapprobation. Je m'excusai platement et excusai en silence leur incompétence. Mon père ne faisait pas de surtension, papa commençait à peine à monter sur scène, le métronome à la renverse et le diable au corps, allez expliquer cela aux médecins… avoir ça dans les veines… rien à voir avec les poches flasques de l'Établissement français du sang qui se balançaient aux porte-perfusions comme des pendus sans âme.

Après-midi n°169

Mercredi. Je m'assois à côté de lui comme je m'installerais au fond d'une tranchée, sans savoir ce qu'il va se passer. Je suis au poste, assis sur mon tabouret, la tête dépassant à peine de l'horizon formé par le corps de mon père et le reste englouti dans l'espace du bas, quelque part entre le sol et la surface du lit pneumatique, comme si cette bande d'air d'un mètre de hauteur appartenait déjà aux entrailles de la Terre. Je ne bouge pas, je ne peux pas bouger, c'est trop étroit, trop dangereux, trop instable. Il doit y avoir des ennemis partout autour, mais on ne les voit pas, on imagine seulement ce qu'ils manigancent, les canons qu'ils tournent dans nos directions, les fusils qu'ils rechargent en riant.

Tout peut arriver, je le sais bien, ils n'arrêtent pas de nous le dire. J'essaye de m'y préparer, mais comment se préparer à cela ? Se préparer à quoi ? Tout peut arriver, à n'importe quel moment, dans une seconde, dans un mois, dans un an, c'est en permanence présent dans nos esprits, mais la plupart du temps il ne se passe rien, on n'entend rien, on ne voit rien, on ne comprend rien. Et ce rien-là est une sale guerre d'usure, c'est certainement le pire des riens qui soit. Qu'est-ce qui se trame nom de Dieu ! Tout est encore silencieux, mais je sens bien que le vacarme approche, qu'il sera assourdissant. La question n'est plus de savoir si le tir est parti, mais quand il touchera sa cible, nous, là, juste ici. J'imagine le fracas, je regarde l'horizon, mais ne vois que son corps allongé entre deux mondes. Mercredi ne veut plus rien dire. J'y pense simplement pour essayer de me souvenir de ce qu'était un mercredi, quand les mercredis avaient encore un sens et venaient dans l'ordre, après les mardis et avant les jeudis. Et je me demande ce qu'on en faisait, avant, de tous ces mercredis et je finis par rire nerveusement en pensant à cela : mercredi.

Après-midi n°178

À l'hôpital, il y a des mots bien pratiques, des termes qu'on ne maîtrise pas, des choses qui vous épargnent un peu. On ne dit pas « il ne respire plus », mais « il désature ». On ne dit pas « il s'est fait caca dessus », mais on parle de complications anorectales. Ils sont bien ces mots-là, pour ne pas trop ressentir dans son propre corps ce qu'il se passe dans le sien, pour faire croire qu'il s'agit d'un patient et non d'un père, pour laisser tout cela dans un coin, se prendre pour un médecin.

À l'hôpital, on joue à l'adulte, on fait mine de s'intéresser aux choses, comme ça, gratuitement, pour l'amour des connaissances et de la science, mais personne n'est dupe. Tôt ou tard, l'adulte flanche et le gosse réapparaît, on n'a plus alors trente-cinq ans, mais tout juste cinq et ni la médecine ni le langage technique ne peuvent vous en sortir, il ne reste plus que des mots simples : il bave, il fait caca, il respire, il gonfle, il ne pisse plus, il ne bouge plus. Mourir est déjà un mot d'adulte, une chose incompréhensible, une idée dont on ne sait pas quoi faire. Cette mort-là est celle des adultes, celle-ci s'oublie, elle se soigne, on en fait le deuil, on en parle. L'autre ne se dit pas, celle des odeurs, celle que voient les enfants, la peur qui les saisit et l'impossibilité qu'ils ont de détourner le regard, celle-ci ne s'oublie pas, elle reste. On a beau faire le grand, fanfaronner, sortir de la chambre et détourner le regard, le petit voit tout, enregistre tout et ne dit rien. On a beau le serrer dans ses bras et le maintenir à distance, quand il sent les choses venir, personne ne peut le retenir. Et quand il n'y croit plus, personne ne peut plus lui mentir, et tout s'effondre d'un seul coup.

Aujourd'hui, n° 178, après des semaines et des mois à parler comme un idiot de médecin, à faire le malin, j'ai vu mon père inerte dans son lit, il sentait la merde et, à la différence des docteurs qui ne comprennent rien, j'ai compris une chose aussi simple que cela : papa s'est fait caca dessus. Papa n'est pas chez lui, papa n'est nulle part, papa ne revient pas. Et j'ai éclaté en sanglots, comme un môme de cinq ans que personne ne viendrait chercher à la sortie de l'école. Aujourd'hui, n° 178, je comprends qu'on ne joue plus et que mon père ne fait plus semblant de mourir comme il passa sa vie à le faire, sur les courts de tennis, ou partout ailleurs. Je comprends qu'il fait tout juste semblant de vivre, pour ne pas avouer déjà que tout est fini.

Alors comme un ultime espoir, je repense à nos parties de tennis auxquelles rien ne ressemble plus, ces fabuleuses parties qui m'arrachent encore un sourire, une larme, un dernier moment avec lui.

Les balles s'incrustaient comme des obus dans les mailles du grillage, les raquettes explosaient sur les poteaux métalliques, il gueulait, il grognait, il menaçait le ciel, insultait Dieu, « putain de Dieu », à chaque service, à chaque coup manqué, il fallait voir ça. On changea des dizaines de fois de raquettes, de baskets, de professeurs, mais jamais de conclusion : ce sport était une perte sèche de temps, une chose stupide qui ne servait à rien. Il passa pourtant la plupart de ses après-midi à y jouer, en nage et en rage, comme pour démontrer que la vie était, elle aussi, une immense perte de temps.

De toute mon enfance, je n'ai jamais autant ri avec mon père que sur un court de terre battue et lui-même, dans son hystérie tennistique largement surjouée, lui-même riait comme un gamin. Il hurlait de rire, un rire plus fort que tout, en pleine partie d'un jeu qu'il détestait, sans que l'on ne puisse jamais savoir de quel jeu il se plaignait. La vie, le tennis, tout était fourré dans le même sac. C'était, disons, un tennisman inadapté.

Quand nous perdions comme cela notre temps sur les courts, quand j'avais quinze ans, quand le match lui échappait, il finissait toujours par sortir sa botte secrète et s'écroulait de tout son poids sur la terre battue. Il simulait une mort subite et spectaculaire, d'abord sur les genoux, l'air hagard, comme un soldat touché en plein cœur, puis sur le dos, les bras en croix, en criant d'une voix rauque et étouffée des répliques de série B : « Prends soin de ta mère, ha, ha, heuuuu… » Nous éclations de rire et je l'aidais à se relever. Avoir vu la mort de si près le relançait pour quelques échanges et très vite, les balles ne tardaient pas à traverser le court sans toucher terre. Mon père est mort comme cela une infinité de fois sur un court de tennis, toujours pour rire, toujours pour de faux, pour ne pas trop perdre, pour continuer à jouer.

Au club, son attitude dénotait, certains le trouvaient original, mais d'autres franchement dérangeant. Les morts hebdomadaires de mon père sur le court central incommodaient et trois vieilles rombières du club n'arrêtaient pas de s'en plaindre. Elles citaient *Pierre et le Loup,* comme pour le menacer, lui jeter un mauvais sort, « à force de… », « à force de… », « un jour… ». Et oui, à force de vivre comme on peut. « À force de… », « un jour… », et oui, c'était là, maintenant, on y était arrivé et j'aurais alors accepté de perdre tous les matchs qu'il voudrait, rien que pour le relever encore une fois, entendre ses cris et continuer de jouer à mourir pour de faux, continuer comme cela de s'aimer pour de vrai, sans en avoir la moindre idée. Mais aujourd'hui, n°178, on ne joue plus, et la mort, la vraie, sent la merde à vous ouvrir l'âme en deux.

Après-midi n°184

Dimanche, jour du Seigneur, la semaine vient de se terminer et les Paternosters continuent de tourner. Une autre viendra, le lundi bactérie, le mardi en intraveineuse, le mercredi souvenir d'enfance, le jeudi amnésie, le vendredi à ne plus tenir, le samedi à tout ressasser et le dimanche à se demander s'il ne vaudrait pas mieux se mettre à prier. Et toutes les semaines comme cela, dans l'ordre ou le désordre, avec des annonces de morts et des pronostics déjoués, des microns de bonnes nouvelles et des piqûres de rechute. Il me faut maintenant y aller, il est tard, l'équipe du soir est arrivée, les visites sont terminées. Je n'ai pas envie de partir, de le quitter, il sera certainement là demain, au même endroit, mais avec lui, on ne sait jamais.

Papillons de nuit, amour de jour

En tout et pour tout, ma grand-mère n'appela qu'à deux reprises. Une première fois pour m'annoncer la mort de son fils, encore vivant, et une seconde fois pour décrire longuement la Tunisie de son enfance, celle de son adolescence, de ses enfants. Sa Tunisie à elle.

Ce second appel ressemblait à un labyrinthe d'images où le temps n'avait plus aucune emprise sur le cours des choses. L'oliveraie de Sidi Litayem, l'adolescence de mon père et sa future mort étaient mises au même plan, on y croisait des personnages aux prénoms familiers, des visages connus, des enfants oubliés. Tout était conjugué au présent et il était impossible de situer l'endroit exact de ce présent, c'était un lieu secret qui flottait quelque part entre 2020 et les années 20. Les mots de ma grand-mère sortaient du combiné comme des papillons de nuit, sans autre ambition que de voler quelques mètres, pour la beauté du geste, éphémères et mystérieux. Il ne s'agissait plus d'y croire, mais simplement d'y voir, des mots en forme de terres natales et des phrases remplies de soleils lointains.

Je vis mon père enfant courir sur la plage de la Corniche, je vis son départ pour l'internat, ses vacances, ses rires et ses pleurs. Partout autour, la Tunisie s'étendait à perte de vue, dans un océan de blé où l'âme de ma grand-mère déferlait en douceur, comme une vague au tout premier jour de l'été. C'était beau et c'était là, juste devant nous, tout rassemblé. Ma grand-mère y naviguait à la dérive, laissant traîner dans l'eau une main en guise de caresse, d'ancre et de dernier adieu, avec son sourire de jeune fille et ses paupières ridées de vieille gitane.

« Tu te souviens, me dit-elle, comme nous nous sommes aimés ? Tu te souviens, répéta-t-elle, c'était si particulier. » Puis elle raccrocha et emporta avec elle ce reste de secret éparpillé : la manière dont notre famille s'était aimée. Ma grand-mère ne le définit jamais, elle ne fit que l'évoquer en fin de conversation, comme ouvrant une porte fantastique sur le palier de laquelle elle venait de m'abandonner. Une invitation libre à me rappeler de ce que pouvait bien être pour moi cet endroit, cet amour si particulier qui m'incluait tout entier lorsqu'elle disait « nous nous sommes tant aimés ». Et je finis par me souvenir d'un détail, d'une anecdote, d'un rien du tout. Et cette porte que Colette venait d'ouvrir, je la franchis sans hésiter, tête baissée.

1994

Mon grand-père s'en plaignait, sur le frigo, cela lui coupait l'appétit. Ma grand-mère, elle, s'en moquait, sur le frigo c'était bien l'endroit le plus pratique pour ne pas oublier. *04/04/1994 – 12h55 – plutôt mou.*

Moi, cela me faisait rire, sur le frigo, à côté d'un magnet en forme de paella, d'un autocollant La Vache qui rit et d'un calendrier Groupama, c'était amusant. « Colette, ça me coupe l'appétit. » Colette n'écoutait pas, Colette pelait les poires. « Colette, ça me coupe l'appétit. » « Colette, sur le frigo, c'est vraiment dégueulasse. » Colette, silencieuse, rassemblait les pelures. Mon grand-père était furieux, mais il passa lentement sa serviette de table sur toute la longueur de ses lèvres et ce fut comme si la colère s'en était allée d'un coup, laissant place à un visage totalement placide et verrouillé. Colette, de dos et face à l'évier, pressait maintenant un citron sur les poires pelées. Du sucre roux, une goutte de rhum, le dessert était prêt. Elle s'empara du saladier et retira l'assiette vide de mon grand-père. Visiblement, la baisse d'appétit était toute relative. « Je te sers des poires, Charles ? » Et c'est ainsi que le bras de fer débuta, sur une simple salade de poires. Mon grand-père ne répondit rien. Une seconde fois, ma grand-mère répéta plus fort « Charles ! Je te sers des poires ? » Rien. À la troisième tentative, je compris que quelque chose de sérieux était en train de se jouer et relevai la tête de mon plat de coquillettes. Charles était presque sourd, nous le savions, mais nous savions aussi parfaitement qu'il choisissait d'entendre ce qu'il souhaitait. Il existait toujours ce doute-là, avec mon grand-père.

La scène, d'une violence qui peut-être ne vous apparaît pas encore entièrement, était donc la suivante : mon grand-père, assis à table, le regard planté sur le frigo et les deux mains placées de chaque côté de son assiette à dessert ; ma grand-mère, sur sa gauche, tenant le saladier de poires dans les mains et fusillant du regard mon grand-père après lui avoir demandé trois fois et du bon côté (l'oreille gauche était moins bouchée que la droite) s'il prendrait des poires qu'elle venait de préparer ; le petit-fils, moi, tétanisé d'avoir à assister à ce genre de duel insoutenable. Cela dura une éternité et je savais déjà que nous venions, tous les trois, de franchir une frontière interdite. Il y aurait, quelle que soit l'issue, un avant et un après « salade de poires », un tournant qui marquerait toutes ces vacances d'hiver. Mais il était encore bien tôt pour parler des après et nous étions toujours en pleine cuisine, comme précédemment décrit, figés dans une atmosphère qu'aucun couteau n'aurait pu couper.

Mon grand-père maintenait son regard froid et son silence parfait, ma grand-mère son saladier et sa cuillère en bois. Demander une quatrième fois aurait été une concession trop importante et il était clair que le combat serait total, il n'y aurait pas de prisonnier. C'est moi qui finalement devais craquer le premier et, pour éviter le pire, je tentai le tout pour le tout en utilisant l'unique cessez-le-feu en ma possession : « Mamie, j'ai encore envie de faire caca. » La trêve fut immédiate, ma grand-mère posa le saladier sur la table, me saisit par le bras et nous courûmes jusqu'aux toilettes. Nous étions pour le moment sauvés. Tant bien que mal, je réussis une crotte qui combla de joie ma grand-mère, l'oreille collée de l'autre côté de la porte, à attendre des nouvelles.

— Ça y est ?

— Presque.

— Allez mon chéri !

— Ça y est mamie.

— C'est comment ?

— Une crotte de lapin.

— Dur ?

— Oui, dur.

Ma grand-mère se mit à rire et courut sans attendre à la cuisine pour noter le nouvel événement sur le post-it du frigo qui, quelques instants plus tôt, avait déclenché l'incident. *04/04/1994 – 13h22 – Dur – Crotte de lapin.*

Je revins à la cuisine, fier de moi sans bien comprendre pourquoi, ma grand-mère me serra dans ses bras, elle se mit à compter le nombre de crottes réussies en deux jours, ajouta six pruneaux à mon assiette de poires et se rendit au bureau pour y appeler ma mère. « On va finir par y arriver, mais oui, mais oui, ce n'est quand même pas sorcier. » Nous comprîmes, mon grand-père et moi, que sa joie dépassait largement la simple nouvelle d'un transit retrouvé, il y avait quelque chose d'autre.

Une fois de plus se jouait une bataille occulte dont je ne comprenais pas encore tous les enjeux, mais sans nul doute, mes crottes étaient ses victoires à elle. Depuis la cuisine, nous entendîmes ma grand-mère expliquer à ma mère qu'une bonne alimentation résolvait la plupart du temps ce genre d'ennuis, glissant habilement ses sous-entendus en forme de piques. Qu'elle ait, elle, réussi à me faire chier plus que ma mère signifiait énormément de choses. Sur sa cuisine d'abord, sur la façon de tenir une maison ensuite, sur la manière d'être une femme, une mère, sur le fait que son fils (mon père) serait toujours à elle, sur le choix très contestable du lieu de mariage, de l'église du baptême, celui de mon prénom, de l'école primaire, d'une infinité de détails. Derrière une crotte de gamin se cachaient des tonnes de merde familiale.

Les vacances débutaient à peine et il était évident qu'il me faudrait ingurgiter des kilos de pruneaux. Dans la cuisine, mon grand-père maintenait son air sérieux de président de la République, il savait que je l'observais. Avec beaucoup de sérieux donc, et très lentement, il appuya son coude sur la table, décolla élégamment une fesse de sa chaise et tira, sans sourciller, un pet du tonnerre, sec et long comme ceux que nous préférions. J'étais fou de joie, nous éclations de rire et ma grand-mère, toujours en communication dans le bureau, renchérissait qu'en plus des crottes elle obtenait maintenant de très gros pets.

Victoire totale. Chacun avait gagné sa petite bataille, la salade de poires, les cabinets, une femme qui vous exaspérait et une belle-fille qui vous emmerdait, tout ce genre de petits ennuis si simples à résoudre quand le four fonctionnait : clafoutis aux pruneaux, flan aux pruneaux, confiture de pruneaux, tajine pruneaux, pruneaux cuits, pruneaux crus, faire chier pour mieux aimer, chez nous c'était comme cela que nous nous aimions, et dire aimer serait encore insuffisant, nous nous adorions.

Comme prévu, l'incident des poires engendra de lourdes conséquences pour toute la durée des vacances. Mon grand-père fut ainsi privé de son cake matinal, les dos de ses chemises n'étaient plus repassés, les ourlets des pantalons tombaient de plus en plus courts et ma grand-mère finit par décréter qu'elle aussi était sourde, afin d'entendre uniquement ce que bon lui semblait. Colette adorait ça, le jeu, les farces, le théâtre, nous aimer comme cela.

La réponse de mon grand-père à la privation de cake fut assez subtile, je dois l'admettre. Il déclencha, dans les jours qui suivirent, une prétendue maladie d'Alzheimer. Avec ou sans cake, c'était bien égal, de toute façon il ne s'en souvenait plus. L'honneur était sauvé et l'oubli, ajouté à sa surdité, fluidifia de plus en plus les relations avec sa femme.

Le jeu devenait de plus en plus subtil et c'était pour moi un excellent stage d'initiation dramatique, comme pour poser les bases techniques de ce que seraient plus tard les masterclasses de mon père. À l'intérieur de la maison, ma grand-mère enseignait dans la tiédeur agréable du feu de cheminée, l'odeur des plats mijotés et l'espace parfois trop grand d'une maison qui craquelait, imposait ses silences et ses alcôves. Dramaturgie classique disons, avec ses journées d'initiation beckettienne. Charles, lui, donnait ses classes en plein air, maîtrise de l'espace, tirades couperets, économie de parole, le poids de l'image et l'élégance du costume. Cary Grant à la campagne. J'adorais les deux.

Pour lutter contre l'Alzheimer de mon grand-père, il avait été établi en famille toute une série de mesures, d'exercices et d'obligations. Ma tante psychiatre nous expliqua avec des mots simples que son rapport au monde extérieur serait susceptible de changer et son rapport au moi (celui de Freud) pourrait être perturbé. Pour ce qui était de l'extérieur, des décrets furent aussitôt pris par arrêté familial : il devait sortir autant que possible, être stimulé, faire des courses le matin, prendre la voiture, faire comme avant, garder des repères, maintenir une routine. Pour le sujet intérieur, la question était plus complexe et, cette fois-ci, ma tante peina à l'expliquer simplement. Elle y mêlait désormais d'autres notions plus complexes, nous écoutions tout de même, fronçant les sourcils et hochant la tête pour essayer d'y voir plus clair, en vain. La psychiatrie n'avait visiblement pas de solution et c'est une petite cousine qui nous sortit de l'impasse : papi n'aurait qu'à faire du Sudoku. Toute la famille accueillit la proposition comme une recette miracle et, à partir de cet instant, mon grand-père ne put jamais s'asseoir dans le canapé du salon sans que ma grand-mère ne lui tende son cahier de Sudoku qu'il remplissait aléatoirement de croix et de ronds, rien que pour dire « allez-vous faire foutre avec vos mots croisés », mais élégamment et avec humour.

À 9 h 30 donc, chaque matin, ma grand-mère hurlait « Charles, en voiture », l'auto démarrait et je m'asseyais sur le siège passager.

Notre petite virée contre l'oubli commençait toujours par un passage en revue des champs alentours qui, tous, avaient été les siens. Maïs, colza, sorgho, tournesol, blé, mon grand-père avait les idées plus que claires sur le sujet. Nous nous arrêtions pour arracher des épis, égrainer, creuser, chercher des chenilles, faire des calculs de rendements, arracher un autre épi, espérer plus de pluie, dire « foutue grêle », « foutue rouille », « foutu engrais », comme toujours, comme avant. « Ce con a semé trop tard, ce con devrait irriguer aujourd'hui, ce con et son mildiou, ce con ceci, ce con cela. » Se rappelait-il seulement qui était ce con-là ? Avait-il conscience que plus rien de tout cela ne lui appartenait ? Le doute planait et l'idée qu'il puisse parler d'un con en parlant de lui-même me semblait amusante.

Une fois les champs révisés, nous allions traîner nos bottes chez la boulangère. Le pain commandé par ma grand-mère, les chaussons aux pommes que nous engloutissions et les seins de la patronne que, jamais, nous n'oubliions de regarder. Contre Alzheimer, tout valait. Venait ensuite une longue dérive en voiture sur les coteaux, il conduisait en souplesse, nous berçait dans une succession de lacets et, partout autour, la campagne défilait, triste et mouillée, une campagne de février. Ce labyrinthe nous menait étrangement et systématiquement au village, dans la même rue, au pied du même immeuble, à la même heure. Maintenir la routine.

Les premières fois, mon grand-père tenta vainement d'expliquer la visite, la femme d'un vieil ami, la Tunisie, l'après-guerre, c'était confus et vague, autant que pouvait l'être un mari adultère qui souffrait d'Alzheimer. « Attends-moi un instant, je n'en ai pas pour longtemps. » Les fois suivantes, il se contentait d'un petit clin d'œil complice, entre nous il n'était plus question de mentir et surtout pas concernant une histoire d'amour. Des histoires normales chez nous.

La maison, les champs, le pain, la campagne, la maîtresse, le Sudoku, il était impossible de retirer de la liste un mot intrus sans que l'équilibre général en soit bouleversé. Cette liaison faisait partie intégrante de notre grand théâtre et, tant que les règles du jeu étaient respectées, tout tenait. Les règles : être amnésique, rester calme, toujours bien élevé, faire son Sudoku sans broncher, être sourd, irriguer quand il le fallait, traiter à temps pour le mildiou, mélanger du whisky à son café, se resservir, continuer de sourire, garder l'appétit.

À midi pile, nous étions de nouveau les pieds sous la table, mon grand-père, ma grand-mère et moi, chacun avec son Alzheimer et ses pensées respectives, devant nos croque-monsieur, tous réunis à nous aimer. Existe-t-il une meilleure façon ?

Cahier bleu

En rangeant les affaires de mon père, les factures, les relevés de banque et les cartes postales mystérieuses signées C, signées D, signées T, je trouvai un petit cahier bleu à spirales, un cahier d'écolier. Il était au fond d'un carton, à côté d'un vieux Malabar aplati et de quelques bracelets porte-bonheur coupés aux ciseaux. C'était tout ce que mon père avait de papiers. Ce jour-là, je n'y prêtai pas grande attention, les premières pages étant toutes griffonnées de chiffres et de signes incompréhensibles, et le laissai sur la table de nuit, à côté des romans que mon père avait rangés là, un

Camus, un Buzzati, un Fante et encore un Camus.

Il dut rester quelque temps au milieu de ces auteurs et, un soir où je ne parvenais pas à m'endormir, après avoir relu pour la dixième fois les débuts du *Premier Homme*, j'ouvris par curiosité le cahier et en tournai machinalement ses pages. Après les ratures et les gribouillis venait une longue succession de pages blanches, parfois intactes ou parfois salies, mais toujours vides. Et je continuai de faire défiler ces petits rectangles quadrillés qui tous décrivaient la même chose : une absence, une absence, une autre absence, page après page, comme une grande plaine sans empreinte, un endroit où mon père ne serait jamais passé. Et je pensais à tous les autres lieux qu'il ne verrait pas, à ceux où sa trace s'était perdue quand, à mi-cahier, apparut son écriture si particulière, toute penchée et enroulée, comme soufflée par le vent, pressée d'arriver. Et l'émotion m'envahit pour rien d'autre que cela, son écriture. Une émotion incontrôlable. Je me mis à lire les premiers mots sans même entendre leurs significations, juste pour le plaisir de faire glisser mon index sur les lignes que venaient de suivre mes yeux embrumés, le plaisir de sentir le relief presque imperceptible de l'encre sur le papier. Sa trace était là, devant moi, et je la touchais. Sa trace au Bic bleu qui faisait le pont entre maintenant et le moment où, exactement à ma place, devant ce cahier, il s'était mis à écrire ce que je lisais :

Jour triste mais soleil dehors
Il faut rire,
Et plonger dans l'océan.
Deux fils passent au large
C'est loin le large
Et le courant est fort
Et le large s'en va
Le voilier glisse.

Dérive, dérive,
Ça dérive, moi,
L'île, leur barque à eux.

Le ciel ne dit rien et
La barque a disparu.
Trop tard !

L'horizon redevient calme
Le rivage seul,
La nuit s'y allonge.
Elle est déjà là
Trop tard, c'est trop tard.

Mais ce soir, je ne reste pas
Je ne reste plus, j'avance,
Et l'eau monte des mollets jusqu'au cou.
Et je continue d'avancer.

Fin.

C'était donc un petit poème, tout nu, une chose impensable qui ne lui ressemblait absolument pas. Mon émotion redoubla devant cette inconnue : ce bout de texte abandonné au milieu de pages moches et banales, sa tentative de poésie, sa solitude. Mon père qui écrivait son poème sur son petit cahier à spirales, comme un petit garçon ; mon père qui écrivait son cri sur un bout de feuille, comme un naufragé.

Cette intimité m'impressionna et, à chaque relecture, j'avançais avec précaution comme un funambule sur le fil qu'il me tendait, posant les pieds exactement là où ceux de mon père étaient venus se poser. Et les mauvais vers m'émouvaient peut-être encore plus que les bons, le bon et le mauvais ne voulaient d'ailleurs plus rien dire, car toute la Poésie venait de plier devant son poème sans titre où Léo et moi passions au large, dans une barque à la dérive. Mon père voulait visiblement nous rejoindre, malgré les courants, il s'était jeté à l'eau, mais nous avions disparu de l'horizon. Trop tard, répétait-il trois fois.

Les pages suivantes étaient toutes vierges, je les tournai une à une dans l'espoir de découvrir d'autres vers, mais comme pour la barque et son horizon, elles ne faisaient qu'entraîner son poème à la dérive, loin derrière. Je fermai finalement le cahier comme pour fermer l'océan tout entier et garder son secret auprès de moi, puis m'endormis en pensant à la dérive de mon père, à la mienne, à notre embarcation, au rivage seul et à ce mot qu'il avait, naïvement ou pas, précisé : Fin.

Ce soir, je ne reste pas

De toutes ces nuits passées dans le lit de mon père, je ne me souviens que d'un seul rêve, un rêve très étrange en forme de Paternoster.

J'étais debout sur le palier d'un étage et, devant moi, défilait un chapelet de cabines vides. J'aurais bien aimé monter dans l'une d'elles, mais je ne pouvais pas, quelque chose me retenait, comme si mes semelles étaient collées au plancher. Je restais immobile et observais ce petit manège, sans bien comprendre son intérêt. C'était un rêve où l'on commençait d'abord par s'ennuyer.

Les cabines, elles, continuaient inlassablement de tourner et, au bout d'un certain temps, des nourrissons y apparaissaient. Des nourrissons qui vieillissaient à chaque circonvolution de Paternoster, jusqu'à ce que chacun d'eux se mettent à ressembler aux photos de famille : le père, la mère, les grands-parents, ils étaient tous là. Évidemment, les cabines continuaient de tourner et, à force de tourner, eux vieillissaient de plus en plus et, à force de vieillir, évidemment, on comprenait bien comment tout cela se terminerait. Mais dans ce rêve-là, on ne voyait jamais personne mourir et, quand cela se produisait, la cabine remontait simplement vide des étages inférieurs, tournait ainsi quelque temps, puis un nouveau nourrisson finissait par venir l'occuper.

Maintenant que je connaissais le principe, j'attendais avec curiosité de savoir qui seraient ces nouveau-nés, qui des oncles, des tantes ou des cousins, et soudain, stupéfait, je me mis à hurler en me reconnaissant passer.

Jour n°196

Léo m'observe, il passe son temps à cela. Il fait mine de lire une bande dessinée, de finir un dessin ou de regarder par la fenêtre, mais je sais bien qu'il m'observe. Il cherche quelque chose, je ne sais pas quoi, mon père peut-être, ou le sien. Il ne dit rien, ne me propose plus de jouer et respecte sagement la distance que j'ai instaurée. De temps en temps, simplement, il éclate de rire parce qu'un clown passe à la télé, parce qu'un oiseau se pose sur la table ou parce que mon t-shirt est à l'envers et, bien sûr, quand il rit, c'est lui qui apparaît, mon père, c'est le même rire, le même regard, le même petit homme. Lui et moi aussi, comme une publicité de produits 3 en 1, un joli dessin qui ferait tout de suite croire aux mêmes destins.

Léo est adorable, il reste dans son coin et ne fait que m'attendre, depuis le début, comme s'il savait que tout n'était qu'une question de temps, que je finirais quand même par le prendre dans mes bras, que ma distance s'effacerait, que j'en aurais tout autant besoin que lui. Comment pouvait-il savoir ? Il rit, c'est tout, c'est comme cela qu'il sait. Comme cela, aussi, certainement, qu'il se doute que mon père mourra demain, jour 197, que je repartirai, que nous finirons de grandir à distance. Il le sait, même si cela est impossible à savoir, même si, dans le cas de mon père, on ne peut jamais savoir quand cela arrivera, les médecins l'ont suffisamment répété.

Mais il y a des signes qui ne trompent pas, des choses que l'on sent venir, comme cette envie soudaine de prendre Léo dans mes bras, comme son regard de môme qui se perd dans le vague et ses petits pas dans le salon pour ne pas faire de bruit, en pleine après-midi, des détails qui font tout comprendre, des heures entières qui passent, qui montrent, qui épuisent le temps. Des riens qui font savoir qu'il n'en reste presque plus, de temps, que c'est là, pour maintenant. Qu'on y est.

Alors, puisque nous y étions, je me levai et marchai vers Léo. Lui fit semblant de ne pas me voir, comme d'habitude, de continuer à faire ce qu'il prétendait faire, mais cette fois-ci, j'ouvris les bras en grand et il ne fit alors plus semblant de rien du tout. C'était bien ce qu'il attendait et, avant même que je rejoigne la table basse où il s'était installé, il me sauta au cou, sans rire cette fois, aussi rapidement qu'un aimant sur une grande plaque de fer forgé. Et nous nous sommes serrés aussi fort que possible, pour la première fois, comme pour le serrer lui aussi, une dernière fois. Le mettre au milieu de nous deux et nous accrocher aussi lourdement que possible pour faire contrepoids à son envol qui nous échappait.

Cette même après-midi, jour 196, je passai le plus clair de mon temps le regard planté sur le poste de télé où l'électrocardiogramme dessinait ses sinusoïdes vertes et accidentées. Autant de reliefs montagneux où les plaines étaient à craindre, autant de crevasses et de sommets où la vie se balançait en pointillé. Un vertige électronique à deux dimensions qui rappelait les jeux vidéo de Léo.

Mathilde piquait, Mathilde dialysait, Mathilde remplissait, vidait, nettoyait, transfusait, prélevait et Mathilde, submergée de travail, ne se rendit pas compte que papa venait d'afficher à l'écran un horizon aussi plat que des plaines de blé, une ligne verte et continue, comme une bordure d'autoroute au mois de mai. Une énième fois, il mourait et Mathilde dut dégainer en urgence les défibrillateurs, les respirateurs, les seringues et tout le reste. En un instant, la 310 se remplit de médecins et d'infirmiers, je quittai la chambre, ils s'agitèrent une dizaine de minutes, puis sortirent tous soulagés,

« votre père est reparti, nous le maintenons stable, pour l'instant ». Aussi rapidement qu'elles étaient apparues, toutes les blouses blanches s'éparpillèrent dans les couloirs du secteur A et je retrouvai, dans la chambre mise sens dessus dessous, Mathilde la Madone et mon père, l'homme aux incalculables morts.

Rien d'autre ne fut dit ce jour-là et, tout enveloppé de ce silence que j'aimais partager avec elle, j'écoutais le bonheur d'avoir à mes côtés cette femme pour qui la vie de mon père était une chose aussi concrète que définissable, elle qui avait manipulé son sang, vu son cœur en échographie, remonté son intestin par coloscopie et enregistré son cerveau sur magnéto, elle qui connaissait parfaitement ce qui le maintenait en vie et, avec la même précision, tout ce qui pourrait le tuer, elle qui par sa seule présence me libérait de tous ces détails pour m'abandonner uniquement à ce qui importait désormais, rester là, encore un instant de plus, à côté de lui.

Le jour où cela s'est passé, le lendemain, ils m'attendaient tous de l'autre côté de la porte. Les médecins, les infirmiers, les aide-soignants, la psychologue, peut-être même d'autres personnes. L'aide-soignante de l'accueil me fit entrer dans le sas intermédiaire, vérifia la manière dont je me lavais les mains, répéta une millième fois « entre les doigts et sous les ongles », me tendit une serviette jetable qui n'absorbait rien et un masque en papier bleu qui sentait le plastique. Tout se passait exactement comme les autres jours, c'était le même masque, la même serviette, la même personne, le même endroit. Une fois mon masque noué, elle se désinfecta les mains, passa son badge sur le boîtier de la porte coulissante, s'écarta pour me laisser entrer et, chose qu'elle n'avait jusqu'ici jamais faite, baissa les yeux quand je passai devant elle. Elle devait avoir ses raisons, allez savoir lesquelles.

Ce jour-là, juste avant que cela ne se passe, ils me laissèrent un instant dans la 310, puis me demandèrent de sortir, certainement pour m'éviter de voir une chose aussi banale qu'une pointe de chaussure blanche appuyant sur un bouton rouge, toc, comme pour éteindre le lampadaire du salon. Un temps s'écoula, ils durent couper le courant, les machines poussèrent un cri aigu, mon père resta silencieux, puis ils sortirent tous de la chambre avec les mêmes sabots difformes aux pieds. Ils me tapotèrent amicalement les épaules, me tendirent un café, restèrent quelques secondes à mes côtés, puis partirent tous dans des directions opposées. L'un d'eux, sans le vouloir, m'écrasa les pieds du bout de ses longues godasses en gomme molle. C'était préoccupant, pensai-je, des grands pieds comme ça, sans contrôle, dans un hôpital bourré de machines et d'interrupteurs à même le sol, des chaussures assassines qui éteignaient tout sur leurs passages. Était-ce lui qui avait appuyé pour tout couper ? Un coup pour débrancher le père et un autre pour allumer le fils, à tâtons et à l'aveugle, toc, comme un fichu lampadaire. Ça sentait la clim, l'alcool à 90, les compresses salies de sang et le plastique chauffé à blanc. Le lit passa devant moi, un drap recouvrait une forme qui devait être mon père et les portes se rabattirent derrière nous.

Je suivis le cortège jusqu'au bout du couloir, nous attendîmes un instant et les portes de l'ascenseur s'ouvrirent sur le visage pâle du vigile Paternoster. Il s'écarta pour laisser entrer le lit et moi qui venais juste derrière. Les gens du -3 avaient été avertis par les gens du 3e et deux infirmiers masqués nous attendaient en silence, les mains derrière le dos. Ils m'appelèrent par mon nom de famille et me dirent, d'un ton lent et calme, qu'ils allaient maintenant emporter mon père dans un endroit où je n'aurais pas accès, moi, « M. B ». Lui, visiblement, ne s'appelait plus comme cela, ils ne l'appelèrent même pas « votre père », mais « le corps de votre père ». C'est ainsi qu'ils le nommèrent, un nouveau nom qui semblait un peu trop long, comme une rallonge qui masquait un vide, une arnaque de magicien où plus on en disait et moins il en restait.

Le vigile Paternoster me demanda si je souhaitais remonter avec lui, mais je décidai de rester un moment de plus sur le palier du -3 d'où mon père avait déjà disparu pour rejoindre son endroit inaccessible et réservé. L'ascenseur remonta à la surface et je vins m'asseoir sur le banc de cette salle d'attente dont le seul nom, « salle d'attente », me fit rire, puis pleurer, puis rire, et encore pleurer.

C'était un endroit bien étrange, il ne faisait ni chaud ni froid, pas plus qu'il ne faisait jour ou nuit, avant ou après, au-dessus ou en dessous. Un endroit entre deux, avec d'un côté les portes des ascenseurs Paternoster et, de l'autre, deux grands battants automatiques au-dessus desquels était écrit « Entrée strictement réservée au personnel habilité – Privé ».

Je restai suffisamment de temps assis pour entendre la sonnette du Paternoster qui revenait encore au -3, expulsant un autre lit à roulette et, derrière lui, un autre visiteur à pied. C'était une vieille dame et elle marcha derrière son mari jusqu'à ce que les deux portes de la morgue ne lui barrent l'accès. Elle resta alors un instant devant l'entrée interdite, puis décida de la franchir, en ouvrant simplement les deux battants par leur milieu. La mort n'était visiblement pas un temple si bien gardé et l'on pouvait décider d'y entrer sans que personne ne dise rien, malgré les allures d'endroit réservé qu'elle tentait de se donner. Des foutaises. J'empruntai finalement les escaliers pour rejoindre les vivants du rez-de-chaussée, du moins ce qu'il en restait, pas grand-chose me semblait-il.

Dès le lendemain, les services de crémation de la ville de Saint-Denis mirent à disposition l'urne de mon père. Il était à retirer au guichet de droite, derrière le bureau des sorties. Il fallait appeler un numéro spécial, avertir au préalable de sa venue, préciser l'identité du défunt et attendre qu'une trappe s'ouvre pour récupérer son colis. « Les cendres de votre père », encore un autre nom qui le rétrécissait. Pour la première fois de toute son existence, mon père avait des allures de produits standardisés, bien enfermé dans son cylindre parfait, à la manière des canettes de soda alignées dans le distributeur de l'entrée.

Je pris mon père par la main et nous rentrâmes chez lui sans nous presser, en empruntant la vieille nationale du front de mer. À aucun moment l'urne ne m'effraya, je savais qu'il était là, coincé, mal à l'aise et mort, mais le plaisir de l'avoir rien que pour moi, le temps d'un trajet, dépassait tout cela. La tristesse et le reste viendraient, ils auraient ensuite tout le temps pour venir s'installer, mais nous étions pour l'instant dans un autre état, comme traversant l'œil du cyclone, toutes vitres ouvertes.

Il faisait un temps magnifique de fin d'après-midi, les villages défilaient lentement, tous portaient des noms de saints, et les plages se préparaient sereinement à la nuit, en montrant leurs derniers secrets de couleurs, juste avant d'aller se coucher.

Le téléphone n'arrêtait pas de sonner dans le revers de mon blouson sans que nous y prêtions attention. Nous n'avions, tous les deux, rien de plus à dire, c'était notre dernière virée en voiture, comme une échappée à laquelle personne ne pourrait participer, un moment où les mots des autres n'avaient pas leur place. Le monde, à l'autre bout du fil, lui aussi, comme la tristesse, pourrait bien attendre encore un peu. Et la route continuait de nous embarquer, et mon père et moi, comme dans son film préféré, *Thelma et Louise*, filions tout droit vers notre destinée, en fendant la nuit qui tombait et fredonnant un air qui l'avait toujours fait frissonner. Quel sentimental mon père :

…So she let the phone keep ringing
As she sat there softly singing
Pretty nursery rhymes she'd memorised
In her daddy's easy chair

The evening sun touched gently on
The eyes of Lucy Jordan…

Ce voyage fut l'un des plus merveilleux que je fis avec lui, et l'île, malheureusement, était bien trop petite pour nous offrir les milliers de kilomètres dont nous avions besoin pour nous emmener, très loin, jusqu'au petit matin. Mais nous arrivions déjà chez lui.

Ana et Léo n'étaient pas à la maison. Ana m'avait prévenu la veille qu'elle l'accompagnerait passer trois jours en montagne, qu'elle n'était pas encore capable de lui expliquer ce qu'il venait de se passer, ce qu'il y avait dans l'urne, lui dire : voilà, c'est papa. Je garai la voiture, pris mon père et, en enfonçant les clés dans la serrure, je repensai au premier jour où Ana, Léo et moi étions entrés chez lui, puis restés un moment en silence en plein milieu du salon, et à tout ce qui, ensuite, avait découlé de ce silence. Exactement comme nous l'avions fait alors, nous entrâmes chez lui, puis restâmes plantés dans le salon, à ne pas faire de bruit, comme pour voir qui finirait par dire le premier mot. C'est à partir de ce moment-là, une fois chez lui, que l'urne se mit à m'impressionner.

J'installai mon père sur la table basse du salon et gravitai tout autour, de plus en plus nerveux, ouvrant les baies vitrées, m'asseyant sur un fauteuil, puis sur un autre, mettant un fond de musique, puis l'éteignant. Aucune musique ne convenait, l'air du large suffirait. Nous dûmes rester comme cela quelques heures, abasourdis par notre face à face, puis la fatigue de la journée me tomba d'un seul coup sur les épaules, je bâillai fort, rejoignis la chambre de mon père et le laissai, lui, sur la table du salon.

Une fois installé au fond du lit, j'éteignis la lumière et le silence qui régnait déjà dans tout l'appartement redoubla d'un seul coup, comme une gifle assourdissante qui fouetta fermement mon sommeil. Et il fut impossible de dormir, parce que dans la pièce d'à côté, mon père était tout seul dans son urne, au milieu d'un salon vide et plongé dans le noir, et que moi aussi j'étais seul, dans le noir, à faire semblant de vouloir dormir. Parce que la distance qui séparait les deux pièces était trop froide, trop idiote, et que cette solitude-là devenait insupportable.

Je me levai alors et pris mon père dans le lit, le posai à droite, à gauche, au-dessus du drap, sur l'oreiller, puis sur la table de nuit, mais rien ne convenait encore, personne ne parvenait à trouver sa place. Nous n'étions plus habitués à dormir ensemble. À quand remontait d'ailleurs la dernière nuit passée dans le même lit ? Il n'était de toute façon plus question de dormir et, quelques minutes plus tard, nous rejoignîmes le salon, puis la cuisine, puis la véranda, la salle de bains et la chambre de Léo, cherchant l'endroit où nous pourrions nous installer, sans que cela ne soit trop absurde. Mais rien, toujours, ne convenait et je continuais de trimbaler mon père un long moment encore, en plein milieu de la nuit, jusqu'à sortir sur la terrasse où un bout de lune éclairait un bout de ciment.

C'était certainement le seul endroit acceptable, face à l'océan qui allait et venait, comme un autre invité insaisissable. Nous nous assîmes donc là, entre la lune, la nuit, l'île et le large, heureux d'avoir enfin trouvé notre endroit. Il devait encore rester quelques heures avant le lever du jour et, pour la première fois depuis 197 jours, peut-être même depuis toujours, il me fallut urgemment lui parler, avant qu'il ne soit trop tard.

J'ai lu ton poème, papa, ton histoire de bateau et de dérive. Je ne savais pas que tu écrivais des poèmes, je n'aurais jamais imaginé ça. Encore moins des poèmes où nous passons en bateau Léo et moi. J'ai trouvé ça beau et j'ai trouvé ça triste, les deux à la fois, terriblement triste, toutes ces choses qui se mettent à dériver, nous deux qui filons au large et toi qui te lances à l'eau tout seul, ça veut dire quoi tout ça ? Il vient d'où ce courant, pourquoi tout fout le camp ? Et pourquoi la barque ne fait pas demi-tour ? Et pourquoi ne cries-tu pas pour que l'on te voie ? Les naufragés ont l'habitude de crier, ils utilisent des drapeaux, ils font des signes avec les bras, ils lancent des fusées, pourquoi il n'y a rien de tout cela dans ton poème ?

Pourquoi on n'essaye même pas de le faire ? Pourquoi personne n'y peut rien ?

C'est exactement ce qu'il s'est passé, j'ai tout laissé filer, pendant 197 jours, j'étais là, mais je n'y croyais pas, je n'y ai jamais cru, depuis le début, comme dans ton poème.

Et maintenant qu'on est là comme deux idiots, j'ai l'impression d'avoir eu ce que je cherchais, comme s'ils avaient tous fini par me donner raison, comme si j'avais réussi à décourager tout le monde. Tu t'es battu, ils se sont battus, et moi je n'ai rien fait, je n'y ai même pas cru. C'est comme t'avoir tué un peu, c'est dégueulasse. Il faut que tu me pardonnes, papa. Ils se sont acharnés comme des diables pour te sortir de là ! C'était presque insensé, et même quand ils disaient que tout allait s'arrêter, ils essayaient toujours d'y croire différemment, en essayant d'autres façons, d'autres techniques, ils n'ont jamais arrêté d'essayer, de tout tenter. Même quand ils disaient que tu allais mourir, ils refusaient encore cette idée-là, ils s'accrochaient au moindre espoir, à n'importe quoi. Pas moi. Moi je n'écoutais même plus ce qu'ils disaient. Je ne t'ai même pas laissé cette chance-là, les écouter me dire que tu pourrais encore t'en sortir. Elle me faisait peur cette chance-là. Tu t'en sortirais et puis quoi ? Qu'est-ce qu'on en aurait fait de ta vie ? Tout repartirait comme avant, moi là-bas et toi ici, rien n'aurait changé, tu le sais très bien.

Je l'ai imaginé des dizaines de fois ce moment terrifiant. Ce que l'on se dirait à ton réveil, comment on s'embrasserait, toutes ces choses sur lesquelles on pourrait tirer un grand trait juste parce que la mort t'aurait épargné et qu'il n'y aurait plus de temps à perdre. Je l'ai imaginé cent fois cette fameuse discussion entre père et fils, celle où l'on se dit tout, où l'on ne cache plus rien, où il faut en arriver là pour que tout soit dit. J'en ai eu la chair de poule rien que de l'imaginer, cette foutue conversation qui vous change la vie.

Mais tu sais très bien, papa, qu'on serait resté là comme deux incapables, bouches cousues, à ne rien dire de plus que d'habitude, à ne rien dire du tout. Même s'ils nous avaient laissé du rab pour qu'on cause un peu, nous n'aurions pas aligné deux mots. C'était pire que tout cette possibilité-là, je n'ai pas eu le courage de l'envisager. Alors voilà, sans le dire, sans le vouloir, j'ai mollement pensé qu'il serait plus simple que tu meures, pour ne plus être déçu par nous deux, pour nous sortir de là. Et j'ai réussi, regarde, on a maintenant une vraie excuse pour ne pas avoir la conversation du siècle. Tu crois que les autres finissent par l'avoir ? Tu crois qu'ils se disent toutes ces choses, droit dans les yeux ? Va savoir, nous, nous ne l'aurons pas.

Je me suis fait à cette idée, lâchement, dans le misérable confort routinier de ces 197 jours. Tu étais là dans ton coma, on aurait dit que tu y prenais goût, que tu t'y habituais, je ne sais pas, c'était devenu normal. Moi aussi je m'y suis habitué, c'était plus simple que d'habitude entre nous. Je ne voulais pas que cela empire, bien sûr, mais voulais-je seulement que cela s'améliore ? Je ne sais pas, papa, je n'en sais rien. C'est absolument terrible de ne pas savoir ça. Tu étais là, dans ton coma, et j'ai eu l'impression de t'avoir un peu pour moi, que tu me laissais ce temps, sans gueuler, sans te barrer, sans les autres, sans tes bières et ta mine triste des lendemains. C'était comme une pause de toi, mais avec toi juste à côté, pour faire ce que je voulais, nous imaginer autrement, repenser à tout ça. Pour une fois, je pouvais t'avoir toi sans ta vie qui te collait à la peau, celle dont tu te plaignais toujours, celle qui n'a fait que nous séparer. Je ne voulais pas que tu meures, évidemment, tu le sais bien. Ce n'était pas de toi dont je ne voulais plus, c'était d'elle, ta saloperie de vie qui t'a ruiné l'existence. Mais comment t'avoir toi sans elle ? Je n'ai rien trouvé de mieux que ça, papa, je suis désolé, j'ai cru que la mort rendrait les choses plus simples, que l'on pourrait peut-être même se retrouver. Je me suis fait à cette idée, cette horrible idée.

Six fois d'affilée les médecins ont annoncé que c'était terminé, six fois ils ont dit « il faut se préparer, nous ne pouvons plus rien, il ne passera pas la nuit… ». Mais non, tu continuais de passer ces foutues nuits comme si de rien n'était et, à chacune de tes pirouettes de ressuscité, les médecins m'attendaient le lendemain dans la 310 avec des sourires jusqu'aux oreilles, ils étaient émus, fiers, gonflés à bloc.

Moi, j'étais rentré la veille en pensant que tu mourrais dans la nuit et eux m'attendaient pour me dire que c'était un miracle, que ton cœur, que tes poumons, que l'infection, bref, que tu vivrais, qu'on pouvait encore y croire, que l'on devait encore y croire. Mais je ne voulais plus y croire. La première fois à la limite, mais ensuite non. J'avais envie qu'on me foute la paix et en disant cela je réalise mieux qui j'embarquais dans ce « on ». Que tu me foutes la paix, qu'ils me foutent la paix.

C'est monstrueux, papa, ce que j'ai fait, ce que j'ai dit. Alors voilà, ils étaient tous dans ta chambre, j'entrais et ils me lançaient en chœur « nous avons d'excellentes nouvelles ! ». Ils se souriaient entre eux et tous leurs regards convergeaient sur mon visage, comme pour y chercher une récompense. Les pauvres. Mon pauvre. À peine entendais-je « excellentes », à peine voyais-je leur joie se dessiner derrière les masques qu'une seule phrase m'explosait dans la bouche et le crâne : « Putain, il va se réveiller ! » Quand on pense ce genre de truc, ça doit se voir. Je devais avoir un visage monstrueux, des yeux monstrueux, une bouche monstrueuse. Moi je ne pensais qu'à cela, terrifié : il va se réveiller ! Toi et moi on sait parfaitement que je ne voulais pas ta mort. Mais c'était plus fort que moi, j'ai dit cela devant tout le monde, comme si je n'attendais que ta mort, que je restais là pour être certain de l'obtenir.

C'était pire que de te tuer, je t'ai abandonné en public, leur petite victoire temporaire et ton corps de 50 kilos arraché à la mort, j'ai tout envoyé valser. « Nom de Dieu, il va se réveiller ! », c'était ma façon de leur dire « mais laissez-le se faire la malle », « ils vont le réveiller », comme pour te dire « ils vont encore nous séparer ». J'aurais beau dire, ça reste quand même dégueulasse, de t'avoir tué comme ça.

Et ils me prenaient tous pour un fils modèle, c'est ça le pire, les autres, la famille, les amis, tous ! Ils disaient « on a rarement vu un fils si exemplaire ! », « rester six mois au chevet de son père ! », « on aimerait tous avoir un fils comme ça ! » Ils disaient toutes ces conneries et moi je les laissais faire, je les laissais dire, je me pavanais et répondais « mais non, mais non, c'est normal ». Tu parles, s'ils savaient ! Le fils modèle, le faux-cul, le criminel !

Exactement comme quand tu faisais le show, quand tu faisais le beau et qu'ils disaient tous « sacré Jean-Loup », « un Jean-Loup du tonnerre », « incroyable le Jean-Loup ! ». Tu te souviens de ces phrases-là qui te plaisaient tant ? Tu te souviens de ça ? Mais sais-tu qu'ils disaient aussi, quand tu n'étais plus là, quand tu avais le dos tourné, qu'ils disaient aussi « ça ne doit pas être facile d'être son fils », « pauvre gamin ! », « mon Dieu ce gamin ! », tu le sais ça ? Tu les as entendues, toi, ces phrases à la con ? Et tu continuais encore et toujours de chercher du crédit auprès de tous ces minables, alors que moi, avec mes yeux de pauvre gosse, je t'en donnais des tonnes du crédit, même pas besoin de demander. Mais non, tu préférais ton show anonyme plutôt que de tomber les masques entre père et fils. Et j'ai fait la même chose que toi, « quel fils exemplaire », alors que je restais là à espérer que tu ne te réveilles pas. Moi aussi, comme toi, j'étais tétanisé à l'idée de tomber les masques. Nous sommes les mêmes, papa, exactement les mêmes, tu ne peux pas t'imaginer à quel point nous sommes identiques.

C'est comme cela qu'ils nous ont eus, papa, tous les autres, comme cela qu'ils nous ont séparés, avec ce genre de phrases et de personnages qu'ils nous collaient sur le dos. Et nous, lâchement, attendions leurs petites flatteries en oubliant le plus important. Nous nous sommes laissé séparer, papa, par manque de courage, pour se sauver comme on le pouvait, le plus vite possible, le moins cher possible. La fausse reconnaissance des autres et tous ces simulacres de familles reconstruites à l'extérieur, alors que nous étions, toi et moi, faits pour nous aimer seuls, sans les autres, sans personne.

C'est comme cela que j'ai imaginé ta mort, en espérant que personne ne vienne plus se mettre entre nous deux, même pas toi, même pas moi. Je ne voyais pas comment nous aurions pu nous en sortir autrement. Et maintenant qu'on y est, maintenant qu'elle est là, devant nous, j'ai peur papa, je suis mort de trouille, regarde-toi, j'ai peur qu'elle vienne, qu'elle t'emporte et qu'elle ne tienne même pas ses promesses, qu'elle ne nous rapproche pas, qu'elle nous sépare encore plus. J'ai peur de t'avoir tué pour rien, j'ai peur de ne pas avoir espéré, de n'avoir rien compris. Je suis mort de trouille et de remords.

Tout s'est passé comme dans ton poème, papa, ce bateau qui file, ce courant, toutes ces choses impossibles. Le père et le fils, papa, ce n'était pas fait pour nous. Il fallait comprendre plus tôt que notre histoire était ailleurs, avec toi, rien que toi, pas avec mon père. Il fallait me chercher un père ailleurs, un père banal qui me permette de profiter de toi comme les autres l'ont fait. J'envie les autres à en mourir, je suis jaloux, papa, eux t'ont connu autrement, mieux. Pour nous, c'était déjà cuit avant même que cela ne commence, comme si ton poème était écrit depuis le début. Il est terrible ce poème.

Alors voilà, il faut que tu saches, il faut que je te dise, si tout était à refaire, s'ils nous donnent une autre chance, ne laissons plus filer les choses comme ça, simplement parce qu'elles sont comme elles doivent être. On ne se laissera plus avoir cette fois-ci, il n'y aura plus de papa ni de fiston, mais rien que toi et moi. Nous deux quoi. Qu'est-ce que tu dis de ça, papa ? On pourrait continuer comme ça, non ? Toi et moi. Voilà ce que j'avais à te dire, papa, et aussi te dire que je t'aime, évidemment, qu'est-ce que tu croyais ?

Quelques mouettes passèrent au-dessus de nous et, en levant les yeux pour les observer voler, je vis que le jour était arrivé. L'océan était rose, le ciel orange et les nuages mauves. Nous rentrâmes au salon pour nous allonger un moment et nous endormîmes presque instantanément alors que dehors, à l'horizon, les bateaux de pêcheurs commençaient à s'éloigner lentement vers le large et la journée en mer qui les attendait.

Au diable vauvert
Littérature française
Extrait du catalogue

SÉBASTIEN AYREAULT

Loin du monde, roman

Sous les toits, roman

Ce n'est pas de la pluie, poésie

TRISTANE BANON

Le Bal des hypocrites, récit

JULIEN BLANC-GRAS

Gringoland, roman

PRIX DU FESTIVAL DU PREMIER ROMAN DE CHAMBÉRY

Comment devenir un dieu vivant, roman

Touriste, roman

PRIX LITTÉRAIRE JACKIE BOUQUIN

Paradis (avant liquidation), roman

In utero, roman

Dans le désert, roman

PIERRE BORDAGE

Mort d'un clone, roman

Le Jour où la guerre s'arrêta, roman

PRIX ALEF DES LIBRAIRES

Tout sur le zéro, roman

SYLVIE BOURGEOIS

Brèves enfances, nouvelles

FABRICE CAPIZZANO

La Fille du chasse-neige, roman

CHRISTOPHE CARPENTIER

Cela aussi sera réinventé, roman

SIMON CASAS

Taches d'encre et de sang, récit

La Corrida parfaite, récit

Générique de fin, roman

JEAN-FRANÇOIS CHABAS

Red Man, roman

FABRICE COLIN

Mémoire du vautour, roman

OLIVIER DECK

Adieu, torero, récit

WENDY DELORME

Insurrections ! En territoire sexuel, récit

La Mère, la Sainte et la Putain, roman

Le corps est une chimère, roman

PRIX JOSEPH

JEAN-PAUL DIDIERLAURENT

Le Liseur du 6h27, roman

PRIX DU ROMAN DE L'ENTREPRISE ET DU TRAVAIL

PRIX MICHEL TOURNIER (VALLÉE DE CHEVREUSE)

PRIX LIONS CLUB IDFO (ÎLE-DE-FRANCE OUEST)

PRIX DU LIVRE POURPRE (BERGERAC)

PRIX LYCÉES LECTURE DE COMPIÈGNE

PRIX POULET MALASSIS (ALENÇON)

PRIX DES LECTEURS DU PAYS DE GOIX

LAURÉAT DU FESTIVAL DU PREMIER ROMAN DE CHAMBÉRY

PRIX LILLY IN THE VALLÉE (HONFLEUR)

PRIX YAKA'LIRE
PRIX DU PREMIER ROMAN 'UN LIVRE UNE COMMUNE' (CESSON VERT-SAINT-DENIS)
PRIX CE 38 (GRENOBLE)
PRIX CEZAM INTER CE NATIONAL
PRIX CINÉLECT (JOINVILLE-LE-PONT)
PRIX DES LECTEURS DE LA BIBLIOTHÈQUE DE ST JOUAN DES GUERETS
PRIX COMPLÈTEMENT LIVRES (ILLKIRCH GRAFFENSTADEN)
PRIX LIRE EN PAYS D'ANCENIS
Macadam, nouvelles
Le Reste de leur vie, roman
PRIX DU LIVRE CHEMINOT
La Fissure, roman
Malamute, roman

YOUSSOUF AMINE ELALAMY
Les Clandestins, roman
PRIX ATLAS
PRIX LE PLAISIR DE LIRE
C'est beau, la guerre, roman
PRIX ORANGE DU LIVRE EN AFRIQUE

CATHERINE FRADIER
Et nous aurons l'éternité, roman

THOMAS GUNZIG
Mort d'un parfait bilingue, roman
PRIX VICTOR-ROSSEL
PRIX INTERNATIONAL CLUB MED
Le Plus Petit Zoo du monde, nouvelles
PRIX DES ÉDITEURS

Kuru, roman
10 000 litres d'horreur pure, roman
PRIX MASTERTON
Assortiment pour une vie meilleure, nouvelles
Manuel de survie à l'usage des incapables, roman
PRIX TRIENNAL DU ROMAN
Et avec sa queue, il frappe ! théâtre
Borgia, comédie contemporaine, théâtre
La Stratégie du hors-jeu, théâtre
La Vie sauvage, roman
PRIX FILIGRANES
Encore une histoire d'amour, théâtre
Feel good, roman

NORA HAMDI
Des poupées et des anges, roman
PRIX YVES-NAVARRE
Plaqué or, roman

GRÉGOIRE HERVIER
Scream Test, roman
PRIX MÉDITERRANÉE DES LYCÉENS
PRIX POLAR DERRIÈRE LES MURS
PRIX INTERLYCÉES PROFESSIONNELS DE NANTES
PRIX PASSERELLE
Zen City, roman
PRIX PACA DES LYCÉENS
Vintage, roman
Dark Was the Night, novella

ANTOINE JAQUIER
Simili-love, roman

ALEX D. JESTAIRE

Tourville, roman

Contes du Soleil Noir :

Crash, roman

Arbre, roman

Invisible, roman

Audit, roman

Esclave, roman

FÉLIX JOUSSERAND

Basketville, poésie

Rhapsodes, poésie

Mauvais penchant, poésie

Le Siège de Mossoul, poésie

Les Plaies d'Occident, poésie

AÏSSA LACHEB

Plaidoyer pour les justes, roman

L'Éclatement, roman

Le Roman du souterrain, roman

Dans la vie, roman

Scènes de la vie carcérale, récit

Dieu en soit garde, roman

Émilie, roman

Érostrate for ever, roman

LOUIS LANHER

Microclimat, roman

Un pur roman, roman

Ma vie avec Louis Lanher, nouvelles

PRIX RÉVÉLATION 2008 FORÊT DES LIVRES

Trois jours à tuer, roman

Les féministes n'auront pas l'Alsace et la Lorraine, récit

TITIOU LECOQ

Les Morues, roman

PRIX DES LECTRICES DE ELLE BELGIQUE

La Théorie de la tartine, roman

ANTOINE MARTIN

La Cape de Mandrake, nouvelles

Le Chauffe-eau, épopée

Juin de culasse, odyssée

Conquistadores, sitcom

Produits carnés, nouvelles

Hercules 1959, péplum

ROMAIN MONNERY

Libre, seul et assoupi, roman

Le Saut du requin, roman

Un jeune homme superflu, roman

Ce n'est qu'un au revoir, lettres de démission

XAVIER DE MOULINS

Un coup à prendre, roman

Ce parfait ciel bleu, roman

JAMES NOËL

Brexit, suivi de *La Migration des murs*, poésie

AGATHE PARMENTIER

Pourquoi Tokyo ?, récit

Calme comme une bombe, roman

MARIO PIMIENTO

Le Consac de Gagne-Petit, récit

La Bonne Case, roman

ANNE PLANTAGENET

Manolete, le calife foudroyé, biographie

OXMO PUCCINO
Mines de cristal, poésie
140 piles, journal
Au fil du chant, album

VINCENT RAVALEC
Proprio, nouvelle
Nouvelles, intégrale
Sainte-Croix-les-Vaches, roman

NICOLAS REY
Treize minutes, roman
Mémoire courte, roman
PRIX DE FLORE
Un début prometteur, roman
Courir à trente ans, roman
Un léger passage à vide, roman
PRIX CINÉ ROMAN CARTE NOIRE
L'amour est déclaré, roman
La Beauté du geste, chroniques
La Femme de Rio, scénario
Les enfants qui mentent n'iront pas au paradis, roman
Dos au mur, roman
PRIX GATSBY
Lettres à Joséphine, roman
La Marge d'erreur, roman

CÉLINE ROBINET
Vous avez le droit d'être de mauvaise humeur…, nouvelles
Faut-il croire les mimes sur parole ?, nouvelles

THOMTÉ RYAM
Next level, roman

Régis de Sá Moreira

Pas de temps à perdre, roman

prix du livre élu

Zéro tués, roman

Le Libraire, roman

Mari et femme, roman

La vie, roman

prix lycéens en toutes lettres

Comme dans un film, roman

Zoé Sagan

Kétamine $C_{13}H_{16}ClNO$, roman

Loubna Serraj

Pourvu qu'il soit de bonne humeur, roman

Christophe Siébert

Métaphysique de la viande, roman

prix sade

Images de la fin du monde : Chroniques de Mertvecgorod, roman

Féminicid : Chroniques de Mertvecgorod, roman

Marlène Tissot

Voix sans issue, roman

Coralie Trinh Thi

Betty Monde, roman

La Voie Humide, autobiographie

grand prix panique

Tristan-Edern Vaquette

Je gagne toujours à la fin, roman

Bernard Vargaftig

L'aveu même d'être là, accompagné du film *Dans les jardins de mon père*, poésie

Cécile Vargaftig

Fantômette se pacse, roman

Les Nouveaux Nouveaux Mystères de Paris, roman

Imprimé en France par CPI
en mai 2021

Composition :
L'atelier des glyphes

Nous imprimons nos ouvrages sur du papier issu
de forêts gérées durablement de sources contrôlées
et avec des encres végétales.

Dépôt légal : mai 2021
N° d'impression : 164023